光文社文庫

文庫書下ろし

居酒屋ぶたぶた

矢崎存美《ありみ》

光　文　社

この作品は光文社文庫のために書下ろされました。

目次

居酒屋やまざき

勝人《かつと》の家の近所に、とてもつまみのおいしい居酒屋がある。名前は「やまざき」という。

なんということのない普通の店だし、今時のおしゃれな感じでもなく、大将《たいしょう》とその奥さん、たまに手伝いの人で切り盛りする至って素朴《そぼく》な居酒屋というたたずまいなのだが、酒のセレクトとつまみのうまさは絶品。値段が高くてもここには遠く及ばない店もたくさんあるくらい。

ここら辺の地域は、家を建ててから引っ越してきた。今まで住んだことのない街だ。小さな子供がいるから、あまり夜外に出られないが、たまにそこで夕飯のおかずを買って帰る時もある。飲まなくてもそういうことを気軽に頼《たの》めるのもうれしい居酒屋だ。

ただ一つ気になることがある。

そこの店主……実はなぜか、ぬいぐるみなのだ。

初めて入ったのは、引っ越してすぐの頃だろうか。会社近くで夕飯を食べそこなってしまい、家に帰ってから用意してもらうのも悪いし自分で支度《したく》するのもめんどくさい、という状況だった。引っ越したばかりだから、店も知らない。ファミレスか定食屋で食べて帰ろうかな、と思ったら、通りがかった居酒屋の前にある看板が目に入った。

『お夕飯セット　五百円〜』

なんだろうか、お夕飯セットって。居酒屋なのに。なんだか宅配の食事サービスみたいなイメージが頭に浮かぶ。

夕飯を食べたい、でもちょっと飲みたい、と思っていた勝人は、居酒屋で夕飯なんていいなあ、と思い、ついフラフラ吸い込まれるように入っていく。

「いらっしゃいませ〜」

背の高い女性がにこやかに迎えてくれる。女将《おかみ》かな？

「お一人様ですか？　カウンターはいかがですか？」

店内は厨房《ちゅうぼう》に面したカウンターと、その背後に四人がけのテーブルが三卓ほど置かれていた。はっきり言って狭い。しかもほぼ満席だった。

「あの〜、表の『お夕飯セット』っていうのが気になったんで、入ってみたんですけど」

席についてから、女将らしき女性にたずねてみる。

「あ、定食みたいなものなんですけど、それにお酒がついてちょっとお得、みたいなセットなんです」

「たとえば？　五百円からって書いてありましたけど、それだとどういう内容なんですか？」

「おにぎりセットと小鉢《こばち》と生中《なまちゅう》ですね」

「へー。他には？」

「決まってないんですよ。うちの料理をおかずに『ごはん食べたい』って言う人が多いんで、それで作ったセットなんです。料理にごはんと味噌汁《みそしる》と小鉢とお酒の組み合わせで、適当に値段も決めてるんです、大将が」

そう言って、カウンターの向こう側を見る。中にいる人が大将兼《けん》料理人だろうか。

「お酒によってちょっと値段が変わるだけですけどね。小鉢は今日のお通しか、そこにある常備菜《じょうびさい》の中から選べます」

カウンターの上には、きんぴらごぼうや筑前煮《ちくぜんに》などが大鉢に盛られて置いてある。

飲み屋でこういうサービスって珍しいんだろうか。あまりないように思う。でも、なんかうれしい。ごはんも食べたい、でもちょっと飲みたい、長居はしたくない――みたいな人にぴったりな感じ。お店にとって得か損《そん》かはわからないけど。

「え、おすすめはなんでしょう、そのセットで」

メニューを見るとうまそうなものばかりが並んでいるが、名前だけでは当然ながら判断できない。初めてのところだし、ここは一つおすすめにしておきたい。

「鶏《とり》の竜田《たった》揚《あ》げのセットですかねえ」

と突然カウンターの中から渋《しぶ》い中年男性の声がした。

「一番人気ですよ」

しかし、顔は出さない。恥ずかしがり屋なんだろうか。

「じゃあ、それをください」

「お酒はどうなさいます？」

「生中を」

「小鉢は？」

「今日のお通しで」

「かしこまりました」

ビールと小鉢がさっと出てきた。お通しよりボリュームがある感じ。中華風サラダかな？　ドレッシングがすごくおいしい。

それだけでもビールが進むが、そのあとに出てきた鶏の竜田揚げに驚く。

見た目は本当に定食だった。小ぶりな唐揚《からあ》げみたいな竜田揚げが七つに、つけ合わせの生野菜、ごはんと具だくさんの味噌汁。漬物まである。

「ごはんはおかわりできますので」

えー、そんなことまで⁉　関係者でもなんでもないけど、お得すぎて心配になってくる。

それはさておき、さっそく竜田揚げを箸《はし》でつまむ。にんにくの香りがふんわりと漂《ただよ》って、お腹《なか》がぐうと鳴った。一口でも食べられそうだが、熱そうだ。しばしの葛藤《かっとう》ののち、勝人はふーふーしてそのまま口に放り込んだ。

え、なんだろう、この風味……。普通の唐揚げと明らかに違う。しかし悲しいことに、料理のことなんて全然わからない勝人には、何が違うのかさっぱりわからない！

でも、うまい。味つけはにんにくと醤油がすごく強い。さっぱりしていて、柔らかくて、小さいからどんどん食べられそう。

おー、ビールが進むー。これは、他の料理も期待できそう！　今度また絶対来よう、と決心する。

ごはんとまた竜田揚げが合う。わしわしかき込みたくなる。味噌汁は具だくさんどころかごった煮だ。野菜の出汁《だし》がすごく出ている。

食べながら、ついメニューを見てしまう。今度何と組み合わせようかな、と考えてしまうではないか。

「はっ」

思わず声が出る。「味噌汁」の隣には「豚汁《とんじる》」の文字が！　ああ～、これもうまそう～。

後ろ髪を引かれる思いで、席を立つ。ビールをもう一杯飲んだけど、千円でお腹いっぱいになった。

「ごちそうさま」

「ありがとうございますー！」

立ち上がって、ちょっとだけ厨房をのぞきこむと、なぜかそこにはぬいぐるみが。ぬいぐるみの黒い点目と目が合ってしまった。

ん？　今のは何？　なんであんなぬいぐるみが置いてあるの？　なんのぬいぐるみ？

よくわからないまま、勝人は居酒屋を出た。

非常に満足していたが、最後に大きな疑問が残った。厨房……かなり狭く見えたけど
……人の気配がなくて、そのかわりにぬいぐるみがいた……ような？

なんだろうか、といくら首を傾《かし》げてもわからない。

まあ、いい。また来れば、きっとわかるだろう。

帰ると、妻の佐和子《さわこ》はもう寝ていた。風呂に入って寝室へ行くと、

「ごめんね……」

と目を覚《さ》ました。子供が二人まとわりついて、全然動かない。ぐっすり眠っているらしい。

「ごはんは……？」

「駅の近くで食べたよ」

「そう……ほんとごめん」

「いいよ」

という勝人の返事の前に、佐和子はまた眠ってしまった。疲れているのだろう。子供は三歳と一歳の男の子、やんちゃ盛りだ。そろそろ保育園に預けて働きたいと思っているらしいが、ここら辺の保育園事情はあまりよくない。引っ越す前は割といいって聞いたのに。だから引っ越したのに――だが、一年違うと状況がまったく変わることもあるらしい。

勝人も一応家事や育児を分担しているつもりなのだが、どうしても家にいる佐和子に負担《ふたん》がかかってしまう。最近、かなり疲れているようで、気になっている。

もっと家へ早く帰ってくるために、部署替《ぶしょが》えを希望した方がいいだろうか、とも思う。しかしそうなると給料が下がる。子供が二人、家のローンも抱《かか》えているとなると、考えてしまう。今の給料ならば、もう少し子供が大きくなるまで佐和子も家にいられるだろう。だけど、帰りが遅い。子供の面倒はそれほど見られない。

なかなかうまくいかないものだな、と勝人はそっとため息をついた。

次の休みの日、勝人は子供二人と公園へ遊びに行った。

その間、佐和子は家でのんびりできるはず。「美容院に行きたい」と言っていたけれど。

　はしゃぎ回る子供二人を連れて一時《いっとき》も目を離さないでいる、というのはものすごく疲れる。公園から飛び出したらすぐに車道だし、上のお兄ちゃんには気をつけなくてはいけないことをいろいろ言い聞かせてはいるけれど、遊びに夢中になると忘れてしまう。

　毎日こうやって佐和子は気をつかっているわけだ。疲弊《ひへい》するよなー。

　お絵かき大好きな二人が、地面に這《は》いつくばって何やら描いている時、ふと公園の外の歩道に目をやる。ガラガラと台車が動いていた。

　でもその台車、よく見ると人が押していないのだ。台車だけで移動している？

　じっと見つめていると、その台車は勝人の目の前を通り過ぎていった。台車の背後には、小さな桜色のぬいぐるみがついている。

　いや、そのぬいぐるみが押しているようにしか見えないのだが。

　台車には銀色の大きな箱が積み上げてあった。なぜ銀色？　そしてなぜぬいぐるみ？

　その時、下の子の泣き声が周囲に響《ひび》いた。振り向くと、顔を地面に突っ伏《ぷ》して泣いている。身体を支えていた手が滑《すべ》って、顔が地面に激突《げきとつ》したらしい。

　あわてて抱き上げて、顔を拭《ふ》いてやる。上の子はお絵かきを続行していた。

ぎゃあああん、とまた声を上げた時、ぬいぐるみと台車がまた目の端《はし》に入った。こっちを気遣《きづか》うように見ている。いや、そんな。気のせいだろうと思うけど——。

「あっ」

勝人は小さくつぶやく。あのぬいぐるみの点目、見たことある。もっとよく見ようと顔を上げたら、また台車は動き出していた。ぬいぐるみはもう後ろ姿しか見えない。しっぽがくるんと結《むす》ばっている。ぶた？　ぶたなの？

顔をもう一度見たかったのに。

あれは、この間居酒屋の厨房で見たぬいぐるみではないだろうか。一瞬しか見えなかったし、今回も短い時間だったが、あの点目は忘れられない。

しかし、大きさが……台車との兼《か》ね合《あ》いからすると、バレーボールくらいしかなさそうだ。え、そんなのがどうして厨房にいたの？

いや、だいたい、あの身体でどうやって台車を押しているの？　振り向いたりもしてたよね？

自立《じりつ》していること自体が信じられない。疲れて幻覚《げんかく》を見たのかな？

子供たちは見たのか？

訊《き》きたいと思っても、どう訊けばいいのかわからない。でも、見てたらきっと言うな。黙《だま》ってられるとは思えない。

台車はもう見えなくなっていた。

子供たちはそれからもたっぷり遊び続け、勝人はくたくたになって家路《いえじ》についた。その道すがら、はっと気づいたことがある。

あの銀色の箱、どこかで見たことあると思ったのだが、あれは、保冷《ほれい》ボックスなのではないだろうか。どこかへ買い出しに行って、保冷ボックスに食材をいっぱい入れて……。

なぜそんな買い出しをしたかというと、居酒屋の仕込みのために、という……。

そんな。それじゃまるで、あのぬいぐるみが居酒屋の「大将」みたいじゃないか。

自分の考えに笑いがこみあげる。が、笑って忘れられるものでもなかった。だってそう思いついたら、もうそうとしか考えられなくなったから。

佐和子は家でぐっすり眠り込んでいた。これでは美容院には行けそうにない。

勝人と子供たちは忍者《にんじゃ》ごっこをやりつつ忍《しの》び足《あし》で昼食を食べ、彼女を起こさないようにして子供たちを昼寝させた。

居間ではーっとため息をつきながら洗濯物《せんたくもの》をたたんでいると、佐和子がフラフラと起きてきた。

「おはよう。よく寝てたね」

「今、何時？」

「三時過ぎ」

それを聞いて、佐和子はがっくり肩を落とした。

「美容院、もう行けないや……」

非常に悲しそうな声を出す。

「これから行ってきてもいいよ」

「けっこう時間かかるから、次の機会にする」

そう言って、子供たちが寝ている和室へ行ってしまった。そのしょんぼりした後ろ姿に、ますます心配が募《つの》る。無理して家を建てない方がよかったんだろうか。宝くじでも当たらないかなあ……。

佐和子の様子に気が引けて、というわけではなく、再びあの居酒屋を利用する機会はなかなか訪《おとず》れなかった。

今日などは珍しく早く帰れたのだ。ちょっと一杯飲みたいな〜、とも思うが、ここは我慢《がまん》。佐和子からのおつかいも頼まれている。

『何か夕飯のおかずになるようなものを買ってきて。一品か二品でいいから』

どこで買おう。やっぱりスーパーかな——と思って歩いていると、あの居酒屋から人が出てきた。あれ？　何やら弁当のようなものを持っている。

え、あそこ、弁当もやってるのかな？　だったらおかずも売ってる？　この間の竜田揚げ、家族にも食べさせたい。ちょっと訊いてみるだけでも——。

入ると、また元気のよい女将が迎えてくれるが、視線はどうしてもカウンターの中に向かってしまう。この間見かけたぬいぐるみがぽんっと頭に浮かんだ。

「あの〜、さっきここから出てきた人がお弁当みたいなものを持ってたんですけど——」

「はい、お弁当というか、お持ち帰りをやってますよ」

「おかずだけでも持って帰れるんですか？」

「ええ。大丈夫です」

「えっ、じゃあ、鶏の竜田揚げと――」

あと何にしようかな？　上の子はハンバーグが大好きなのだが――。

「ハンバーグ……みたいなものはありますか？」

「今日は豚の柔《やわ》らかつくねがありますよ。豆腐《とうふ》と野菜が入ってるので、さつま揚げ風です」

カウンターの奥から声が聞こえる。あの声とぬいぐるみが、やっぱりつながらないんだよなあ。

勝人はカウンター内をさりげなくのぞきこんだが、何も見えなかった。耳のようなひらひらしたものがあるように思えたが、気のせいだったかもしれない。

それはそうと、つくね、野菜が入ってるのか。それなら佐和子のお眼鏡《めがね》にかなうかも。肉のおかずばかり買うと文句は言わないまでも、ちょっとがっかりした顔しそうなので。

「じゃあ、その二つをお願いします」

女将に分量を指定して、できあがるのを待つ。それだけで帰るのはちょっと悪い気がして、ビールをちょっとだけいただく。お通しまで！　あー、なんか申し訳ない！

「なんでも持ち帰れるんですか？」

「ええ、基本的にはなんでも。単身赴任《たんしんふにん》の方とかに重宝《ちょうほう》されてます」

だろうなー。

しばらくして、持ち帰り用のカレー容器に二種類のおかずが入ったものが出てきた。

「カレー容器って便利なんですね」

と勝人が言うと、

「カレー、たまに作るんですよ」

とまたカウンター内から声が！　ええー、カレーかー……。うまそうだな。いや、きっとうまいだろう。まだ二回目だけど、なぜか確信できる。

「ありがとうございました～」

売上に貢献《こうけん》できるかわからないけど、こういうことができるのなら、今後も利用させてもらおう。もちろん、佐和子の評価によるが。

帰る時にもう一度カウンターの中をのぞいたら、黒い点目と目が合った。一瞬だったがはっきりと、突き出た鼻、大きな耳も見えた。

とっさに軽く会釈《えしゃく》すると、ぬいぐるみも返してくれた。

何事もなかったように、店を出る。

今見たものがなんだったのか、と考えても結論は出ない。とりあえず、誰にも言わないでおこう——というより、うまく人に説明できる自信が、自分にないんだな。台車を押していたぬいぐるみと、おそらく同じだとは思うのだが。


佐和子は、買ってきたおかずをいたく気に入ったようだった。

「竜田揚げ、すごくおいしい！　明日、人に会えないくらいにんにく効《き》いてるけど！」

それは言える。気にしていなかった。ヤバいかもしれない。

「もも肉じゃなくて、むね肉だよね？　でもすごく柔らかい」

そんなにももとむねって違うのか。勝人にはまったくわからない。

豚のつくねは上の息子がすごく喜んでいた。ふわふわで、甘辛《あまから》い照《て》り焼《や》き風のタレがかかっている。

「もっと食べたい！」

と騒《さわ》ぐくらいだった。

「今度また買ってきてあげるよ」

「どこで買ったの？　今度あたしも行ってみようかな」

「あー、これは駅前のやまざきって居酒屋で買ったんだよね」

「居酒屋？　じゃあ、昼間はやってないの？」

「うん、夕方六時から朝までやってるみたい」

「そうなんだ……。残念」

そう言いながら、また竜田揚げを食べる。

「家で作れたらなあ……。でも、揚げ油も違うみたいだから、この風味は出せないかも」

「そんなに違うの？」

「うん。少なくともサラダ油とかじゃないね」

そうなんだ……。ますますあそこで他のものも食べて、そして飲みたい、と思うようになる。

とはいえ、飲みに行けることはほとんどなく――それからはたまにおかずを買って帰るということで顔を知ってもらえることとなった。

味つけが濃《こ》すぎず、野菜をたくさん使っていて身体に優しいということで、とにかく佐和子のお気に入りなのだ。でも、これは勝人の帰りがいくらか早く、昼間忙《いそが》しくて彼女が買い物に行けなかったとか、そういう事情が重ならないと利用しない。外で夕飯をとって帰るという時には勝人一人で行くけれど、夕飯が家で用意されている時はまっすぐ帰る。

佐和子は最近、

「いつか飲みに行きたいなあ」

とよく口にする。

「俺《おれ》の帰りが早い時、子供たち連れて一緒に行く？」

と誘ったが、

「飲み屋さんで子供が泣いたら、他のお客さんに悪いから……」

と遠慮《えんりょ》してしまう。

「じゃあ、俺が見ているから夜行ってくれば？　土曜日とか」

日曜日は店が休みなのだ。

「家のこと気にして飲むのもねえ」

そう言って笑う。帰りにちょっと寄るのと、わざわざ家から行くのとでは、全然気分も違うだろう。

佐和子のことを思うと、寄りたいなと思ってもつい我慢してしまう。二人であそこでゆっくり飲めるのは、いつのことになるんだろうか。

ぬいぐるみのことはまだ話していなかった。あれから何度か黒ビーズらしき点目と目を合わせているので、大将がぬいぐるみであることはおそらく確定事項なのだが、もし間違っていたら困るし、やはりまだうまく説明できる自信がついていなかった。

二人で、あるいは家族で行った時に、ぜひ確かめてみたい。それまでは黙っているしかないかな。

その前に、自分の前に姿を現してくれないかな、大将。

その日は、それほど早くも遅くもなかった。佐和子から「おかずを買ってきて」とメールが来ていた。

『子供の分はあるけど、あたしの食べるものがない』

というメールだった。つまり、大人の夕飯はないということだ。

勝人は今日、会社でいやなことがあった。取引先とのトラブルで、一日無駄《むだ》にした気分だった。仕事は終わってないけれど、このまま会社にいても効率《こうりつ》は上がらないので、むりやり帰ってきてしまったのだ。

居酒屋では、どうしても飲みたくて大ジョッキを頼んでしまった。家に持ち帰る分とは別に、おつまみを頼む。昼も食べていなかった。すごく腹が減っていた。

「今日はいい枝豆《えだまめ》が手に入ったので、焼き枝豆にしますよ」

カウンターから大将の耳が見える。ひらひらしたその耳は右側がそっくり返っていた。たまに鼻の先がもくもく動いているのが見える。

少しずつ姿を現してはいるが、全貌《ぜんぼう》はまだ未見だ。しかし、やはり公園で見たあのぬいぐるみなんだと思う。

どうして全貌を明らかにしてくれないのかな? ここにいる客は、みんな知ってるんだろうか。でも、帰る時に、

「またねー、ぶたぶたさん!」

なんて姿そのままの名前を言ってるから、知ってるんだろうな。

「じゃあ、焼き枝豆ください」

お通しは鶏皮《とりかわ》のポン酢《ず》あえ。他にゴーヤのきんぴらも頼んだ。おかずで持ち帰ること

はあまりないものばかりだ。

おいしいつまみと冷たいビールは、あっという間になくなる。焼き枝豆はとても甘かった……。家でも簡単にできるという。レシピを教えてもらった。

「ごちそうさまでした」

ちょっとほろ酔《よ》い気分で店を出る。会社を出た時に感じていたクサクサした気分がだいぶ和《やわ》らいだ。

家に帰ると、まだ子供は寝てなかった。なんだか興奮しているようだ。

居間は取り込んだ洗濯物が散乱《さんらん》しており、食器も鍋《なべ》も何も片づいていなかった。

奇声《きせい》を上げる子供たちをつかまえて、寝室へ向かう。

「先食べてなよ」

とボロボロの佐和子におかずを渡す。

ふとんに放り込んだだけで子供は寝ないので、そこから延々《えんえん》、絵本を読まされたり、歌を歌ったりして、ようやく寝ついてくれる。寝るとなかなか目を覚まさないところはいい子たちなのだが。

台所では、佐和子がおかずをもそもそと食べていた。

「ごはん、あっためる？」

こくんとうなずくので、電子レンジで解凍してお碗によそる。だが、ちらっと見ただけで箸をつけない。あまり食欲がないようだ。

「今日、病院に行ったら疲れちゃって」

先日、上の子が転んで膝《ひざ》をひどくすりむいて腫《は》れてしまったので、病院で診《み》てもらったのだ。今日はその経過観察《けいかかんさつ》で、

「今日で終わったんだろ？」

「終わったけど……傷《きず》を見て、ちょちょっと薬つけて、『はい、もう終わり』って……そのために三時間待ったのを思うと、なんだかね」

「三時間⁉」

大学病院でもないのに⁉

「たまーにあるの。今日はすごく混《こ》んでたし、早く家を出られなかったんだよ」

そう言って、大きなため息をつく。

「それで、そのあとにも用事があっていろいろ回ってたら、買い物に行けなかった……」

「そうか……大変だったな」

それしか言えないのがもどかしい……。

その時、佐和子がキッと顔を上げた。

「あなた、お酒ください！」

「あ、ごめん……。おかず待ってる間、ちょっと飲んじゃって……」

一応やまざきでおかずを買う場合は、少し飲む、というのを了承《りょうしょう》してもらっている。お惣菜《そうざい》屋さんではないので。

「今日はもしかして、いっぱい飲んだの？」

「いや、そんな……喉《のど》が渇《かわ》いてたから……」

「いいわよね、あなたは……好きな時にビール飲めて……」

「好きな時に飲めるわけないじゃないか」

当たり前のツッコミをしたつもりなのだが、それが佐和子の気に障《さわ》ったらしい。

「飲もうと思えば飲めるってことよっ」

「仕事中は無理だし――」

「それだってやろうと思えば自分で調整《ちょうせい》できるじゃない？」

「そんなことできないよ！」

一人で仕事してるわけじゃないんだから！

「あたしは、自分の意志じゃどうにもならないことばっかりだよ！」

「わかってるよ」

「わかってない！」

「あんまり大きな声出したら――」

せっかく寝ついた子供たちが起きてしまう。

「あたしは、大きな声も出せないってわけね……」

そう言って、佐和子は泣き出した。涙をポロポロこぼし、うつむいて肩を震《ふる》わせる。

やんちゃな子供相手に、忙しくてまったく自由がなくて、思うように時間が使えなくて――というストレスがたまっている、というのは理屈《りくつ》ではわかる。子供たちの相手を一日しただけでも、それを毎日くり返すストレスが大変なことはわかっているつもりなのだが――俺も今日、いやなことが会社であったんだけど。それが片づいたわけではなく、明日もそれに対応しなくてはならないし、おそらく何日か続くだろうこともわかっている。

「ごはん、食べなよ」

抱きしめてなぐさめるというのが正しい対処法なのかもしれないけれど、勝人も疲れていた。

「着替えてくる」

先に入浴しようか、と寝室で用意をしていると、玄関のドアがバタンと閉まる音が聞こえた。

え？

台所に佐和子の姿はなかった。浴室にも、トイレにも、他の部屋にも。子供たちのところにもいなかった。

出ていった？　こんな夜中に？　一人で？

急いで外に出たが、佐和子の姿は見えない。以前ケンカした時は、確かすぐ近くの児童公園のブランコに乗っていた。そこで頭を冷《ひ》やしていたのだ。

子供だけ家に残すのが心配だったが、そこに行くまでだったら数秒なので、急いで走った。

しかし、いない。公園には人影はなかった。

え、どこに行ったんだろう？　そのまま探しに行きたかったが、とりあえず家に戻らねば。

帰ってから、佐和子へメールを出してみる。当然のように、返事は来ない。遠くには行っていないはずなのだが。なくなっていたのは、スマホだけだ。財布《さいふ》もあったから……。

いや、油断は禁物《きんもつ》だ。電話のケースにＳｕｉｃａ《スイカ》が入っていたはず。電車に乗れるし、コンビニやファミレスでも使える。誰かに連絡すれば、車で迎《むか》えに来てもらえるかも。時間がたてばたつほど遠くへ行ってしまう可能性がある。

探しに行かないで、子供と待つという選択肢《せんたくし》ももちろんある。明日も仕事だし。でも、このまま帰ってくるつもりがなかったら？　帰ってこなかったら、仕事なんて言ってられない。

しかし、探しに行くためには、子供の面倒《めんどう》をどうするか、だ。

一度寝るとなかなか目を覚まさない子供たちのことを思う。あの子たちを連れていけないだろうか。幸い、うちにある抱っこ紐《ひも》は、おんぶもできる。二つ使えば、なんとかなるかも。

勝人は、寝ている子供たちのところへ行って、まずは背中に上の子供を背負った。ぐにゃぐにゃの子供は、思ったよりもずっと重い。最近はあまりおんぶすることもなかったので、成長を実感する。

目を開けたりはしたが、幸いまた背中で眠ってしまったようだ。

下の子は全然起きなかった。その子も抱っこ紐で抱えると、上半身が暑くてたまらなくなったが、それは仕方ない。二人ともいつまで眠っているかわからないし、何かあった時のために、いつも佐和子が持ち歩く大きなマザーズバッグも肩にかける。

……まるで夜逃げのようだ、と思う。

とにかく、佐和子が見つかるまで、あるいは二人が起きるまではこれでがんばるしかない。

勝人はもう汗だくになりながら、夜の街へ出た。

歩き出したはいいけれど、あては相変わらずないのであった。名前を呼んで探すわけにもいかないし。犬猫じゃないんだから。

普通逃げてる人が名前呼ばれてるのを聞いたら、すぐにまた逃げちゃうよな、などと思いながら、よく家族で行くようなところへ行ってみる。

前にぬいぐるみを目撃した公園は、広くて隠れるところもたくさんある。でも、女性でこの時間はかなり危《あぶ》ないだろう。実際、ほとんどひと気はなく、子供も連れているのでさっと通り抜けるくらいしかできない。

それを見越してここに隠れているなんて思いたくない。

よく行くスーパーへ行ってみると、もう閉まっていた。駐車場のあたりも見てみたが、こちらも従業員以外に人影はない。

次は駅だ。ここは帰宅を急ぐ人で混雑《こんざつ》していた。小さな子供を背中と胸に抱えているジャージ姿の男を、みんな奇異《きい》な目で見つめていく。

改札《かいさつ》の駅員にたずねてみる。佐和子が着替えているヒマがあったとは思えないので、さっき見た服装を言ってみるが、

「さあ？　そんな人は見なかったですねー」

とあっさり言われてしまう。

見かけた駅員すべてにたずねてみたが、みんな「わからない」と答える。気づかなかった可能性ももちろんあるけれど、手ぶらの女性はあまりいないので、それに気づかな

いということは、ここには来なかったはず……と思いたい。

あとは……どこだ？　夜なので、そんなウロウロもできないだろう。

もう一度、メールを出してみる。

『どこにいるの？　探してるよ。今、駅にいる』

もしかして駅に来るかも、と思って、ちょっと待ってみたのだが、現れる気配はない。

仕方なく、駅の周辺のファミレスなどに入って訊いてみる。

そのたびにメールを出していたが、全然返事がない。まったく無視されている。電話もかけたが、当然出ない。電源は切られていないようだし——。

そうだ、ネットカフェとかどうかな？　ああいうところは前払《まえばら》いなんだっけ？　現金がない場合は、どうなるんだろう……。

駅近くから街道《かいどう》沿《ぞ》いまでいろいろあるみたいなので、行ってみよう、と歩き出した時、

「餅原《もちはら》さん！」

と名前を呼ばれた。え、何？

勝人が振り返っても、誰が自分を呼んでいるのかわからなかったが、

「餅原さん！」

とまた名前を言って近寄ってきたのは、やまざきの女将だった。

「えっ、どうして俺の名前を⁉」

確か名乗っていないはずなのに⁉

彼女は勝人の前に立つと、少し驚いた顔をしたのち、さらに驚くべきことを言った。

「奥さん、うちにいますよ」

あんまりにもびっくりして、ちょっと呆然《ぼうぜん》としてしまう。

「――ええっ、なんで⁉」

「早く迎えに来てください」

「は、はい！」

勝人はあわてて女将についていく。


店は相変わらず混んでいたが、佐和子はカウンターに突っ伏していた。周りにビールの大ジョッキと枝豆の殻《から》とスマホが散乱している。

そして、傍《かたわ》らにはぬいぐるみが座っていた。桜色のぶたのぬいぐるみが。

え、どういう状況？

「ああ、どうも。奥さん、旦那《だんな》さん来ましたよ」

ぬいぐるみが声をかけると、佐和子は「ううんっ」とうなるような声を出して、手を払った。その手はあっけなくぬいぐるみに当たり、彼は吹っ飛んでしまう。

「ああっ」

と手を出したが、受け止める前に彼はくるりと体勢を立て直し、見事に床へ着地した。

「お子さん、奥の座敷《ざしき》に寝かしてあげますか？」

女将が親切なことを言ってくれる。

「え、ああ、いいんですか？」

「どうぞどうぞ」

奥の座敷には人がいなかったので、座布団《ざぶとん》の上に子供たちを寝かせ、女将が上階の住居から持ってきたタオルケットをかけた。よかった、起きない。いつ起きて泣き出すかと、ひやひやしていたのだ。

佐和子もまだ起きる気配がない。

「いつここに来たんですか？」

「一時間くらい前でしょうかね？」

ぬいぐるみの大将が椅子《いす》によじ登りながら言う。やっと全貌が見えた。エプロンをしている。

しかしそんな悠長《ゆうちょう》に観察しているヒマはない。一時間ということは、家を出てますぐ来たということではないか。そんなにここへ来たかったんだろうか。

「飲んだらすぐにこんな感じになっちゃったんです」

佐和子は決して酒に弱いわけではないが、やはり疲れていたんだろう。

「それでどうしたもんかな、と思ったら、スマホにメールが何度も来て。申し訳ないですけど、ちょっとのぞいたら、旦那さんが探してるってわかったんです。そのうち、待受《まちうけ》画面に出てくる写真の人が、見たことあるなって思いまして」

大将は腕を組んだ。身体中にしわが寄っている。点目の上にも。

ちなみに佐和子のスマホの待受画面は、家族四人の写真だ。当然勝人も写っている。

「それで、なんとか起こして話を聞いたんです」

「なんて言ってました？」

「『あたしも一人で飲みたい！』って。『ほっといて』と何度も言ってました」

「それでも俺を探してくれたんですか？」

「『旦那さんを呼んできますけど、いいですか？』って訊いたら、『いいですよ』とは言ってましたからね。お名前も教えてもらいました」

「どうやって？」とものすごく訊きたかったが、今はそんな場合じゃない。

「俺の居場所、よくわかりましたね」

「これも申し訳ないんですけど、メールのプレビューが一瞬見えたものですから」

――どこにいるとかいちいち書いてたからな、俺。それにしても、スマホ……この手（濃いピンク色の布を張ったひづめ風）で、いじれるんだろうか？　いやいや、いじったのはきっと女将だな。そうに決まってる。

「どうも大変なご迷惑《めいわく》を……すみません」

他のお客さんはあまり気にしていないようだったが、一応客席に向かって頭を下げた。

「いえいえ、お子さん二人連れて、大変でしたね」

「家に置いておくわけにはいきませんから……」

佐和子を揺《ゆ》すってみる。

「おい。起きろ。帰ろう」

しかし、起きる気配はない。もうちょっと強く揺すると、また手がぐわんと飛んできた。勝人は慣《な》れているので、難《なん》なく避《よ》けられる。

「さっき、起こして話を聞いたって言ってましたね？」

「はい」

点目をぱちくりして（そう見えた！）ぶたぶたがうなずく。

「よく起きましたね」

起こそうとしてもなかなか起きないたちなのだ。子供たちはこの性質を受《う》け継《つ》いでいると思われる。

「呼び出し音が鳴《な》った時に、スマホを耳にあてたら、ちょっと目を開けたんでのぞきこんだんです。そしたら、すごくびっくりしたような顔をして」

目の前の点目に驚いたのか。

「そのあと、いろいろたずねたら、ちゃんと答えてくれましたよ」

現実のこととは認識《にんしき》していないように思う。

「とても疲れているようなので、もう少し寝かしておいてあげてもいいんじゃないですか？」

「でも、これ以上のご迷惑は――」

「子供二人に加えて、奥さんまで抱えては歩けないでしょう？」

「……まあ、そうですね」

佐和子の周りには枝豆の殻が落ちていたが、他に食べた気配がない。あまり食べていなかったようだから、空《す》きっ腹に飲んでしまったのだろう。

「じゃあ、おにぎりセットください……」

飲むのはやめておきたい。でも、ただ何もせずに待っているのも悪いので。本当は家で食べるつもりだったのだ。買ったおかずで。風呂に入ったあととかに。

改めて今日はほとんど食事をしていない、と思う。ここに来るとなぜか食欲が出るんだよなー。

「あ、味噌汁は豚汁にしてください」

思い出した！　よかった忘れてなくて。

カウンター内に戻りかけていた大将が振り返る。

「うちの豚汁は、さつま汁なんですけど、いいですか？」

「さつま汁？」

「芋《いも》がさつまいもなんです。あとは玉ねぎとごぼう」

へー、そんな豚汁は食べたことがない。どんな味なんだろう。楽しみだ。それにしても、ぬいぐるみとはいえ、ぶたが豚汁とは——なかなかのブラックジョークではないか。ほどなくしておにぎりが運ばれてきた。これもあのぬいぐるみが握《にぎ》っているんだろうか？　……握っているんだよな。いやいや、そんな、これも女将が——と思ったら、彼女は店内でテーブルを片づけたり、酒を運んだりしていた。

勝人はじっとおにぎりを見る。具は鮭《しゃけ》と梅干《うめぼ》し。定番中の定番。豚汁も来た。大きめなお椀にたっぷり入っている。

誰が作ったっておいしいものはおいしい。そう思って、勝人は手をのばした。

梅干しのおにぎりをゆっくりゆっくり食べる。豚汁は、さつまいもと玉ねぎがほどよく煮溶《にと》けて、汁がトロトロしていた。旨味《うまみ》が溶け合っている。味噌の味もいつも食べているものより甘い気がする。

「味噌が麦味噌《むぎみそ》なんで、ちょっと風味が違うんですよね」

大将は、またカウンター内に戻ってしまっていた。

「梅干しがすっぱめなので、甘めな豚汁とすごく合いますね」

でも、こうやってカウンター越しに会話する方が、ドキドキしなくていいだろうか。

いちいち彼の仕草《しぐさ》に目を奪《うば》われてしまう。それにしても、ここのカウンターの中ってどうなっているのだろう。ちょっとのぞく程度では、わからないな……。

鮭のおにぎりを食べようかどうしようかと思ったところで、佐和子がパッと目を覚ました。

「あ……！」

隣に夫がいて、びっくりしたのだろう。そう言ったまま、口をぽっかりと開けている。

「よく寝てたね」

「えっ!?」

キョロキョロとあたりを見回す。

「今、何時？」

もうそろそろ十一時になるところだった。時計を見せると、

「ええーっ、すぐに帰るつもりだったのにー」

佐和子は頭を抱えて、またカウンターに突っ伏す。

「ごめんなさい……」

「いや、俺も――」

「あなたは悪くないよ。あたしが爆発《ばくはつ》しちゃっただけなの」

だいぶ落ちついたようだ。

「じゃあ……お互《たが》いさまってことで」

そう言うと、佐和子はちょっと笑った。どちらかが我慢するのではなく、そんなふうに考えられるかどうかなんだな、とつくづく思うのだ。

「おにぎり、もう一つあるから、食べれば？」

けっこう大きくて、一つでも充分《じゅうぶん》だったので、持って帰ろうかと思っていたところだった。

「うん」

そう言って、佐和子はおにぎりを食べた。さっきのようにもそもそとではなく、大きくパクつく。

「おいしい……」

鮭のもおいしいらしい。確かに具が大きい。いいなあ。でも、梅干しだっておいしかったのだ。

「豚汁も飲めば？　うまいよ」

「新しいのをお持ちしましょうか？」

ぶたぶたがひょこっとカウンターから顔だけ出した。それを見上げて、佐和子は再び口をポカンと開ける。

「――豚汁、新しいのにする？」

佐和子が首を振《ふ》ると、ぶたぶたの頭はさっと引っ込んだ。

「びっくりした……」

「びっくりするよな」

「あたし、まだ夢見てるのかな……」

その気持ち、すごくよくわかる。

「もう一杯、ビール飲んでもいい？」

「いいよ」

果たして佐和子は、朝まで大将のことを憶《おぼ》えていられるだろうか？

そのあと、家族四人で家へ帰った。

子供たちをふとんに入れ直し、勝人はようやく風呂に入れた。

さっぱりして出てくると、テーブルに出してあったおかずやごはんはきれいに片づけられていた。

「あれは、明日のお昼に食べる」

「そうだな。もったいないからな」

「あっ！」

佐和子が突然叫んだ。

「何、どうした⁉」

「忘れた……」

何か忘れ物でもしたか？

「あそこで竜田揚げ食べるのを……」

本当に残念そうに、そう言ったので、勝人は思わず笑ってしまう。

「だって、お店で食べれば揚げたてが食べられるでしょう？」

「まあ、そうだね」

「せっかく飛び出してったのに、結局おにぎりと枝豆しか食べてないなんて……！」

と超後悔《こうかい》している。

こういうところが佐和子らしい。あの店に行って、それがちょっと戻ったことが、勝人はうれしかった。

忘れたい夜

金曜日、六花《りっか》は、会社の上司の市野《いちの》から食事に誘《さそ》われた。

どうもこの上司はヤバい、と前から思っている。セクハラとまではいかないのだが、やたらと接触《せっしょく》したがるというか、こちらをかまいたがるというか。

彼が営業にいた頃、部下の女性に手を出したという噂《うわさ》も聞いているが、その女性はもう辞《や》めているし、本当かどうかはわからない。とりあえず、妻子《さいし》と別れるようなことにはなっていないようだ。

ただその女性と六花が似ている、と言われたのが気になる。顔とかではなく雰囲気《ふんいき》なのだそうだが。

市野の容姿《ようし》は悪くない。上背《うわぜい》はそれほどないが、世間的には「イケメン」の部類《ぶるい》に入るだろう。四十代前半でスーツのセンスもいいし、髪も爪もきれいに整えていて、持ち物も高価なものを揃《そろ》えているようだ。

でもなんだか、目つきや話し方がいやらしく感じるのだ。そして六花が一番いやなのは、仕事のやり方がなんとなく姑息《こそく》だというところ。割と「仕事ができる」という評価を受けているらしいが、パワハラまがいの脅《おど》しを使いながら部下にほとんどやらせたり、企画を微妙《びみょう》な言い回しで取り上げて自分の手柄《てがら》に仕立て上げてしまうのだ。口がうまいというか、自分に不利になることで言質《げんち》を取られないようなそういう点での努力は怠《おこた》らない。従《したが》ってはっきりした証拠が残らないのだ。

一番うんざりするのは、パソコンの操作をすぐ人に押しつけるところだった。特に女子社員に。他の人にはやたらと使えるようなことを言うくせに。

忌々《いまいま》しいのは、こんな人でもやたら取引先や外部の会社にパイプやコネがあり、その人脈故《ゆえ》に会社の方が大目に見ている、という点だった。

今回もその人脈に助けられたというか――実際はその外部の人に助けてもらったのだが、確かに紹介してくれたのはこの市野だ。

これまでなんやかんや言い訳をして誘いを断ってきたが、今回ばかりは断れそうにない。とりあえず行くだけ行って、うまい具合に切り上げて帰れるように努力するしかないようだ。

つれていかれたのは、日比谷《ひびや》のおしゃれなワインレストランだった。料理もおいしく、さすが元営業、接待《せったい》で磨《みが》きをかけた店選びのセンスだった。

だが、ここで市野も知らないこちらのスキルも発動される。実は六花は、酒に関してはザルなのだ。

元々家系的に大酒飲みが多く、飲んでも顔に出ないし、どんな酒にも強い。ただ、それが災《わざわ》いして依存症《いぞんしょう》の親族も出しているので、両親や親戚《しんせき》などから「飲みすぎないように」「酒に頼らないように」と小さい頃から（！）きつく言われていた。

幸い六花自身は酒の味がそれほど好みではなく、あまりおいしいと思わない方だったので、会社などのつきあいで飲む分には常識的な量しか摂《と》らない。実家に帰って親戚を相手にする時のみ、リミッターをはずす場合がある。主に相手を酔いつぶれさせることが目的だ。そうしないと宴会《えんかい》がいつまでも終わらないから。

「君のために特別なワインを開けたんだよ。遠慮しないで飲んで」

と言われたので、そのとおり遠慮しなかった。これが本当に特別なワインかどうかはわからないが、とてもおいしい。高い酒、しかも他人の金で飲む酒はうまい。我ながらケチ——いや、倹約家《けんやくか》でよかったと思う。

ガバガバとジュースのように飲んでいく六花を見て、最初の方はいやらしい笑みを浮かべていた市野だったが、二本目がなくなったあたりでちょっと顔がひきつってきた。本当に高いワインだったのかな。

そこら辺で六花は少し酔ったふりをする。実際は顔にも出ていないのだが。

それ以降は、六花と市野の「飲ませるテクニック」の対決だった。市野も相当飲めるようだが、だいたいうちの親族の「飲めない方」くらいかな、と見当をつける。酔いつぶれさせて、タクシーに乗せて帰してしまえばいいだろう。

そんな調子でワインをどんどん飲ませたので、レストランを出る頃には市野はかなりできあがっていた。六花はおいしいものをたくさん食べて満足したので、そろそろ帰りたい。

「市野さん、だいぶ酔ってらっしゃるようですから、今日はもうお開きに——」

「いやっ、まだまだっ」

ろれつも怪《あや》しいし、足元もふらついているが、まだなんとか立っている。

「銀座《ぎんざ》に、行きつけのバーがあるんだよっ。老舗《しにせ》のね、雰囲気いいところ。君みたいな若い子は知らないような格式《かくしき》高い老舗だよ。六花ちゃんをぜひ連れて行きたいと思ってたんだよなあ」

いつもは「丸山《まるやま》さん」なのに、いきなり「六花ちゃん」になっている。彼の中のマニュアルでは、このレストランを出たところではそんな雰囲気になっているはずなんだろう。

勝手にどんどん歩き出すので、仕方なくついていく。人混《ひとご》みに紛《まぎ》れてはぐれたことにして帰るチャンスなのだが、それをやった後輩の女の子があとで延々ネチネチ言われて難儀《なんぎ》していたことを思い出すと、どうにかしてこっちが帰ることに納得してもらいたい。あるいは、これから行くバーで、寝てしまうか記憶をなくすまで飲ますしかないか。あともう少しというところなのだが。歩いているうちに少し冷めてしまうかもしれない。

「市野さん、ほんとに帰った方がいいんじゃないですかー？」

バーへ行く前に帰れたらラッキーだな、と思うのだが。

「大丈夫だから。ほら、もうそこだから」

と指さすのは道の彼方《かなた》。

「……まだ歩くんですか？」

思わず出してしまった六花の冷めた声に我に返ったのか、

「ほら、そこの……レンガのビルの地下」

次に指さしたのはレンガ造りの古びたビルだった。

「ほら、雰囲気いいだろう……」

確かに。歴史を感じる外観だった。

「ここの地下なんだよ。行こう行こう」

市野は、危なっかしい足取りで一人しか通れない狭い階段を降りていく。

重厚《じゅうこう》そうなドアが見えてきた。店名はなんだろう、と六花は看板を探したが、どこに書いてあるのかよくわからない。市野はドアを開けて、中へ入った。

「よう、久しぶりー」

と手を上げて、挨拶《あいさつ》をする——と同時に、

「え？」

と動きが固まった。六花は彼に入口をふさがれて、中が見えない。

「いらっしゃいませ」

中年男性らしき声がする。店の人だろう。

「あれ……誰もいないのかな？」

市野が戸惑《とまど》ったような声を出す。

「どうぞー、お入りください」

女性の声もする。

「え、女の人入ったんだ――」

市野のつぶやきを聞いて、六花は彼を押しのけるようにして店へ入った。

磨き込まれたカウンターとクラシックなスツールが見えた。ボックス席は少しだけ。座り心地のよさそうなソファがある。カウンター内の壁際にはおびただしい数の酒瓶《さかびん》が並んでいた。奥の方には、タキシードによく似た制服を着た女性のバーテンダーがにこやかな顔で立っている。

そしてなぜか、カウンターの上には小さなぬいぐるみが置いてあった。バレーボールくらいのぶたのぬいぐるみだ。薄《うす》ピンク色の身体、黒ビーズの点目に、突き出た鼻。大きな耳の右側はそっくり返っている。そして、女性とよく似た服をコスプレみたいに着せられている。かわいい。アンティークのぬいぐるみ？　マスコットかしら？

「いらっしゃいませ」

中年男性の声がした。渋い落ち着いたこの声の持ち主はどこにいるんだろう。

「え、あの、猪俣《いのまた》さんは……？」

市野が戸惑ったような声でたずねる。

「猪俣さんのバーは、隣のビルですよ」

女性の声はとても涼《すず》やかだった。よく見るとまだ若い。自分と同じくらいだろうか。

「入口間違えられたみたいですね」

謎《なぞ》の中年男性の声が続ける。

「え、あ、そうなんだ……」

「どうぞお座りください」

「あ、いや……」

市野はなぜか後ずさりをする。

「店を間違えたから。六花ちゃん、行こうよ」

六花を促《うなが》して階段を昇《のぼ》らせようとする。ここは彼が来ようとしたところじゃないのか。だったらかえって安全かも。

「あ、いいですよ、気にしないでください。あたし、ここで飲みたいですー。いい雰囲気じゃないですか」

実際そのとおりだった。ドアからしてぶ厚い年代もので、内装《ないそう》も古めかしく装飾《そうしょく》しているのではなく、本当に使い込まれたものを使っている。

六花はさっさとカウンター席に着く。置かれた装飾品や照明もあまり見かけないものだけれど、おしゃれなものばかり。こういうバーにはほとんど来たことがないから、実はよくわからないのだが。

「いらっしゃいませ」

目の前にささっとぬいぐるみが移動してきた——ようにしか見えなかった。自分でちゃんと歩いて。錯覚《さっかく》かな。しかも、鼻をもくもく動かしてしゃべったようにも。思ったよりもあたし、酔っているんだろうか。

市野を見ると、彼もまた目を丸くしているようだ。

「お座りください」

ぬいぐるみがそう言いながら手、というか濃いピンク色の布が張られたひづめを差し出した——ようにしかまた見えなくて……カウンターの下に操《あやつ》っている人がいるんじゃ、と思ったくらい。

市野はしばし迷っていたようだったが、あきらめたように六花の隣のスツールに座った。

「メニューどうぞ」

ピンクのひづめがサッと差し出したのは、手書きのメニュー表だった。おつまみ数種と今日おすすめのお酒とカクテルが書いてあるだけのもので、字に味がある。六花は顔を上げて、ぬいぐるみを見る。まさかね……このぬいぐるみが書いているなんてこと、ありえないよね？　でも、字は幾分《いくぶん》か男性的な雰囲気で、さっき聞こえた声の人ならいかにも書きそうだった。しかし、字の印象なんてあてにならない。

などと考えていたら、ぬいぐるみが驚愕《きょうがく》の行動を取った。カウンターから下へと飛び降りたのだ！　六花は立ち上がりそうになる。

――と思ったら、作業台の上に乗っただけだった。そうだよね、普通、カウンター内にはそういうところがあるよね……。ちょっとのぞきこんで見ると、なんとなくぬいぐるみ用に改造《かいぞう》されているようにも思えた。考えすぎかな？

「六花ちゃん」

市野が肩を馴《な》れ馴れしく叩く。

「あ、さっきワインを飲んだから、別のものにしませんか？」

「いや、そうじゃなくて――」

「なんですか？」

「ぬいぐるみが動いてるみたいに見えるんだけど——」

あ、気づいてたんだ。なーんだ、残念、と話を続けようとした時、ちょっといたずら心が芽生《めば》えた。

と言っても、

「ぬいぐるみってなんですか？」

と言っただけなのだが。

市野は六花の答えに真っ青になった。

「お好みのお酒がございましたら、カクテルお作りしますよ」

ぬいぐるみの声にビクッと市野が身を震わす。六花は別の意味で驚いた。え、このぬいぐるみがカクテル作ってくれるの？　バーテンダーってこと!?

思わず女性の方を見てしまう。なぜかにっこり笑ってうなずかれてしまった。六花の顔に疑問が全部出ていたのだろうか。しかもそれを全部肯定《こうてい》されたようだった。

そうされても、どう反応したらいいものか。とりあえず、目の前のぬいぐるみがバーテンダーだとして、言おうとしていたセリフを言う。

「えー、カクテルなんてすてきじゃないですかー、市野さーん」

我ながらわざとらしい、と思いながら。

「前にテレビで見て、飲んでみたかったカクテルがあるんですよー。市野さんも一緒に飲みませんか？」

「あ、ああ」

なんだか引き気味だったが、あと一息だ。六花はスラスラとレシピを述べる。酒は銘柄《めい がら》で言っているからわからないだろうが、実はジンベースの強いカクテルだった。飲み口は少しくせがある。というか、一口で「強い」とわかる。「やばい」と思えば自分でやめられるはずだ。

作業台の上でぬいぐるみは手早く酒をシェーカーに入れている。当然知っているカクテルだろう、ほぼ量《はか》ることもない。それはいいのだが、問題はシェーカーだ。ぬいぐるみの身体の大きさと比べると、まるで樽《たる》のようだった。これを振るの？　まさか……振るのは、女性バーテンダーさんだよね？　そうだよね、きっと。

しかし、六花の期待を裏切り、ぬいぐるみはその樽のようなシェーカーを両手（？）で持ち上げ、リズミカルに振り始めた。全身で。

なんだろうか、この——おもちゃ屋の店先でワンワン震えながら動く犬のおもちゃを見ているような気分は。微笑《ほほえ》ましいけれど、どことなく哀愁《あいしゅう》が漂うような。

イケメンのバーテンダーがかっこよくシェーカーを振る姿に色気《いろけ》を感じる、とかそういう次元《じげん》ではなく、つい「大丈夫なの⁉」と心配になってしまうというか——シェーカーが振られたたった数秒の間に、なんだかたくさんの複雑《ふくざつ》な感情を味わった。何見せられたの⁉　という気分だった。

動きを止めたぬいぐるみは、何事もなかったかのようによく冷えたカクテルグラスの中へ透明《とうめい》な緑色の液体を注《そそ》ぎ入れた。シェーカーを肩にかつぐようにして。

「どうぞ」

とピンクのひづめで差し出されるグラスを、市野は固唾《かたず》をのんで見つめている。カクテルではなく、ヤバい液体を「飲め」と言われているかのように。「緑色」というところがまたヤバさを強調しているだろうか？

彼にかまわず、六花はグラスを取った。

「いただきまーす」

一口すすって、六花ですら「強い！」と思う味だった。酔うというより目が覚める勢いだ。それを見て、市野も渋々一口飲んだが、とたんにげほげほ咳《せ》き込む。

しかし、

「おいしい――」

六花はつぶやいた。

実際、こんなにおいしいのは飲んだことがなかった。アレンジは加えていないようだし、特別にいい酒を使っているわけではないから、純粋《じゅんすい》にシェークの技術があるんだろう。こんなに違うなんて。

「おわかりになります？」

ぬいぐるみがなんだかニコニコしているように見えてくる。あれ、あたしも酔ってしまったんだろうか。

やっと咳き込みが治まった市野が言う。

「あの、これ、強いね」

「そうですか？」

市野は驚いたような顔をして六花を見る。

「あたし、お酒の味ってよくわからないんですよね」

実際そうだと自分では思っているし。

「でも、強いとしてもおいしいですね。あたしにも飲めそう」

「そ、そうか。もう一杯飲む？」


そのあと、二杯ほどカクテルを飲んだところで、もう市野はベロベロになってしまっていた。六花は全然変わらない。おいしくお酒をいただいている。

「もう帰りますか、市野さん？」

これでタクシーに乗せればミッション完了なのだが。

「やだあー、あと一軒、あと一軒行くんだ、猪俣さんのとこに――」

あー、さっきここと間違えたってところ。なんで間違えたんだろう？

「あ、そうだ。猪俣さんのバーなら、先日閉店されましたよ」

ぬいぐるみが言う。もうすっかり「言っている」と思える。

「えっ⁉」

市野がすごい声を出す。

「隣のビルは、今建て替えをしています」

「えええーっ⁉」

スツールから落ちる勢いで驚いている。

「えっ、そんな連絡来てないけど——えっ、どうしてそんないきなり閉店しちゃったの⁉」

「存じ上げませんけど、ビルの建て替えがあったからではないでしょうか」

普通に考えたらそうだと思うけれど、市野はなんだか納得していないようだった。

「そ、そんなのおかしい、俺に連絡来ないなんて、だって、だって——」

「どうしてなんですか？」

ぬいぐるみがたずねる。六花も単純に疑問に思う。

「せ、誓約書《せいやくしょ》とか、書いてもらうとかしないと、俺安心できない……！」

納得していないというより、怯《おび》えているようにも見える。

「なんの誓約書ですか？」

「あ、あの店であったことは外に漏《も》らさないっていうか、その、その——」

手があっちこっちに動く。うまく言葉が出てこないようだ。

「どんなことがあったんですか？　困ったことですか？」

「こ、困るっていうか——女の子に、あれだよ、あれ」

「あれと言いますと？」

ぬいぐるみが首を傾げると、驚異的にかわいい。つられたように、市野の首も傾《かたむ》く。

「どんなものでしょうか？」

「あの……早く酔うようなやつをさ、出してもらうとか」

「えっ、まさか薬——!?」

「ばっばか、そんなの出さないよ。酒だよ酒！　わざと強い酒出してもらうんだよ」

「わざとですか？」

「そうそう、ここでもやるでしょ、わかんないように強い酒入れたり、組み合わせで強くしたり」

「それでどうなさるんですか？」

「そりゃあ、お持ち帰りを——」

そこで初めて、市野は六花の存在に気づいたように目を見張る。

「あ、今のは冗談ね。なんでもないから」

ははは、と乾《かわ》いた笑いを発したが、六花の表情を見て突然立ち上がった。自分がどんな目をしていたのかよくわからないが、多分「ゴミを見る目」みたいな感じだっただろう。

「さ、先に帰っていいかな」

「あ、はい。どうぞ」

もうさっさと帰ってほしい、と思う。

「あ、じゃ、じゃあまた会社で。おやすみ〜」

そう言って、酔っているとは思えないようなあわてた歩調《ほちょう》で階段を昇っていったが、途中で転んだような音もした。ざまあみろ。

「こっちに来れてよかったです」

今、すごく自分、ブスッとした顔してるだろうな、と思いながら言う。

「なんでお店を間違ったのか謎ですけど」

酔っ払っていたということなのかもしれないが。

「ああ、それは、間違って来る人、少なくなかったんですよね」

「え、どういうことですか？」

ぬいぐるみにたずねるが、彼は話をするのをためらっているようだった。すると、女性のバーテンダーがチーズを出しながら続けてくれた。

「そこ、ここの真似《まね》をずっとしていたバーだったんですよー。あ。これサービスです」

「ええ⁉」

「隣のビルって、昔ここのビルと大家《おおや》さんが同じで、そっくりの双子ビルだったんです。うちは、戦後その大家さんから借りて、ずっとやってるんですけど、隣のビルは大家さんが亡くなった時に相続税《そうぞくぜい》の関係で売ってしまったんですね。うちは大家さんの親族からまだお借りしてるんですけど、三年くらい前、隣のビルにその猪俣さんのバーができたんです。それがこのバーとそっくりだったんですよ」

「そっくりっていうのはどういう意味で？」

「まったく同じではないんですけど、雰囲気が似てるというか――老舗のバーっぽい感じのお店って話です。わたし、偵察《ていさつ》に行こうかと思ったんですけど、マスターに止められてしまって」

そう言って、ぬいぐるみの方を見る。マスターか――そうか。なるほど。

「そんなことしたら、すぐバレちゃいますからね」

ぬいぐるみが言う。

「それで、わたしの友だちに行ってもらったんです。似てるけど、全然違うって言ってました。内装がそれっぽいってだけで。でも、特に入口のドアが似てるんですって」

「それでうちの上司も間違えちゃったんですか」

ビルと入口が似ていたら、酔っ払って入ってしまう人もいるだろうが、けっこうセコい手口だ。

「確かにたまにいらっしゃる方もいるんですけどね。でも、うちのお客さんも間違えたりしたみたいですからねー」

「お客さまの層《そう》が全然違うんです」

「これこれ、ヒロちゃん」

憤慨《ふんがい》している彼女をぬいぐるみはたしなめるが、止まらない。

「間違えてこっちに来るのはさっきのみたいな人ばっかりでしたよ！　――あっ、すみません、お客さまのお連れでした……」

しょぼんとなって頭を下げる。

「いえいえ、あたしも今日はむりやり誘われて、いつ帰ろうかなって思ってたんで、助かりました」

「お客さまがお強くてよかったですね。大丈夫かなって思いましたけど」

ぬいぐるみが言う。

「あっちの店に行ってたらどうなってたかわからないですけど。閉店しててよかったです」

「夜逃げだったそうですけど」

ヒロがおずおずと口をはさむ。

「ええっ⁉」

夜逃げとはひどい。

「くわしいことはわかりませんが、家賃滞納《たいのう》したあげく、ある日もぬけの殻になってたらしいですよ。家賃滞納だけじゃなく、お連れさんが言っていたようなことがバレたとかって話もあって」

ほんとに行かなくてよかった。市野につきまとういやな噂の出処《でどころ》はあの店だったのかもしれない。

「でも、それは噂でしかないですしね」

やんわりとたしなめるようにぬいぐるみが言う。

「なんかでも、あたしちょっとくやしくて」

ヒロの気持ちはわかる。似非《えせ》の店がすぐ隣にあるっていうのも、しかもそんないかがわしい店だっていうのもきっとどうにかしたかったんだろう。

「内装が似ていることで抗議《こうぎ》するのも変だし、特にお客さまを取られたわけでもないので、そのままにしておきましたけど」

グラスを拭きながら、ぬいぐるみは言う。布を使うんだ……自分の手じゃなくて。

「そうなんですよ。お客さまを取ろうとしていたのかもしれないんですけど、そういうことは全然なかったんです！」

「それはよかったですね」

向こうがどんな店だったのかは知らないが、一朝一夕《いっちょういっせき》の真似では太刀《たち》打《う》ちはできそうにない。

「むしろ、あっちのお客さまがこっちにいらしてくれるようにもなりました」

「おお、それはすごい」

「結局、あっちにはなかったものが、こっちにはたくさんあったってことなのかもしれません」

「たとえばなんですか？」

「このマスターとか」

「ああ——」

それはよくわかる。隣の店は、何を目指していたんだろうか。

「みなさん、お酒を飲むだけじゃなくて、マスターに会いに来るので」

「それは別の店では叶《かな》いそうにないことですね」

ぬいぐるみはキョトンとしたような顔をしている。それは本当にそう思っているのか、装《よそお》っているのか——ある意味ポーカーフェイスなので、よくわからない。

「他にもありますよ。たとえばこのチーズ」

ぬいぐるみは皿の上に並べられたチーズを指（？）さす。

「うちの店用に作ってもらってるゴーダとチェダーチーズなんです」

「ええー！」

「実はクラッカーも手作りです」

「え、お店の？」

「ええ、わたしが」

ぬいぐるみは何気《なにげ》なく言ったのだろうが、六花にとってこんなにショッキングなことはなかった。お酒――シェーカーを振るのだってかなりのインパクトだったのに、クラッカーを作る？

「ぜひ召し上がってください」

「あ、え、じゃあ――いただきます」

白とオレンジ色のチーズが載ったクラッカーは、ほんのり茶色かった。

クラッカーを半分ほどかじってみる。パリッとしたすごく軽い食感。塩気《しおけ》も甘みも控《ひか》えめだが、粉の味とチーズの風味が一気に口の中に広がり、スッと溶けていく。

「わ、チーズもクラッカーもめっちゃおいしい。なんか別のもの載せて食べたい」

「どうぞどうぞ」

カウンターの中から、いろいろなものを出してくれる。

「クリームチーズとレーズンが最近好きで」

安いレーズンじゃなくて、枝付きのおいしいやつ！

「クリームチーズも手作りなんですか？」

どちらかというとワインのおつまみっぽいが、他のお酒にも合うんだー。

「いや、これは市販《しはん》のもの。でも、食べ比べて一番おいしいものを選んでますよ」

この店オリジナルのウイスキーも飲ませてもらった。年代物のブランデーも。おつまみもいろいろ食べさせてもらった。薄切りの食パンをトーストしてカリカリのベーコンとたまねぎチップスとレタスを挟《はさ》んだサンドイッチが特においしかった。

酒が進んでキリがない。今まであまり行きつけの店というのは作らないようにしていたのだが、ここはヤバい。

「そろそろ終電なので、帰ります」

「飲んだ時は必ず終電で帰れ」というのも家訓《かくん》の一つだ。そうしないと朝まで飲み続けてしまうから。普通に勤《つと》め人《にん》の生活していて、そうやって飲み会を切り上げ、家で飲まないようにしていれば、決して飲みすぎない。まあ、楽しくてたまにやぶってしまうこともあるんだけど。

「酔わないですね、お客さん」

「いえ、充分いい気分なんですけどね」

この店で飲んだからかもしれない。こんなに楽しく飲めたのは、久しぶりだった。でもここは、朝まで飲んで騒ぐような雰囲気じゃないよね。

次の日の朝、起きて真っ先に思ったのは、「昨日のことは幻《まぼろし》か?」だった。飲みすぎて、記憶がないということはない。すべて憶えているが、その内容が問題だ。あのぬいぐるみは本当に存在するのか。

飲んでも記憶を失ったりすることは絶対にないと自信を持っていたのに、それが揺らぐ。

でも、昨日おみやげをもらったのだ。手作りクラッカー! しまったはずのところを見ると、ちゃんとそれはあった。おいしそう。紅茶をいれて、マーマレードを塗《ぬ》ってクラッカーを食べる。パリッカリッと響く音に目が覚める。なんだか朝から優雅《ゆうが》な気分になる。

しかし二日酔いもないのに、どうして不思議な記憶だけあるのか、と余計にややこしく思ってしまう。市野を撃退《げきたい》(?)したと思ったのは、幻だったのだろうか。

またあの店へ行ってみればいいのだが。そうだ、名刺《めいし》ももらったはず。

財布の中にちゃんと入っていた。「バー・マルコ」と書かれた名刺が。確かに自分は行ったらしい。

それは納得したけれど、マスターがぬいぐるみという点は、まだ信じられなかった。ヤバい、あたしお酒に弱くなった？　酒に強いことぐらいしかとりえがなさそうなのに、これはとてもヤバい。

もちろんまたあの店に行って、自分の目で確かめればそれで済むことなのだが、それを考えるとなぜこんなにドキドキするのか——いや、これはもしかしてドキドキっていうか、ワクワク？

なんだかよくわからなくて混乱してきた。来週……ちょっとだけ行ってみようかな。深入りしないように平日に。ちょっとだけ飲んで、さっと帰る。なんかいい女っぽいじゃないの。

もちろん一人で、だけれど。

月曜日、会社へ行くと、さっそく市野が近寄ってきた。

一応、彼の社内メールの方には「ありがとうございました。ごちそうさまでした」というお礼を送っておいた。プライベートな連絡先は交換していない。市野からの返事は来なかったが、それは別にいい。

なのに、どうしてそんなにニヤニヤしながら近づいてくるのだ。

「丸山さん、こないだ飲みに行った時のことなんだけど……」

パソコンで作業している六花の横に椅子を寄せて、そんなことをひそひそ声で話し出した。

「あ、ありがとうございました。ごちそうさまでした」

同じお礼をくり返す。

「あ、それはいいんだけど……あの時、俺けっこう飲んじゃって、記憶がね、途切《とぎ》れ途切れなんだよね」

市野の声は不安そうだった。ニヤニヤしていたのは、それを隠すため？

「そうなんですか？」

酒に強いというのも彼の自慢《じまん》の一つだったようだから、飲んで記憶をなくしたことに自信が揺らいだのだろうか。

「で、何を話したのかってことを丸山さんに聞いとこうと思って」

「どんなことですか？　そんな特別なことは話していなかったと思いますけど」

何を忘れて何を憶えているのかわからなければ、話しようがないと思うけど。

「最初から検証《けんしょう》させて。まず、日比谷のレストランに行ったよね？」

あまりこと細《こま》かに話されて他の人に聞かれるのもいやだが、幸いなのか不幸なのか、部屋にほとんど人はおらず、いても話が聞こえないくらい遠くだった。市野に仕事しろよ、と言いたいが、とりあえずこちらは話しながらでも処理できるものをしながら聞くしかない。

「はい」

「それから、銀座に移動して、地下のバーに行ったよね？」

「行きました」

「そこでだいぶ飲んだよね？」

「レストランでもワインをだいぶ召し上がってましたけど」

「ああ、うん、まああのくらいは普通……。でも、あのバーで、だいぶ飲まされたよね？」

「わたしは楽しく飲みましたよ」

本当に。

「君は何も記憶を失ってないの？」

「はい」

失ってないものを失ったと言うのもなんなので。

「なんかいろいろ記憶も混乱してるんだよね。行こうとしたバーじゃなかったっていうのは憶えてる？」

「ああ、それは聞きました。でも、良い雰囲気のところだから、そこで飲んだんですよね」

少し改《かい》ざんというか、自分目線にしてみた。

「う、うん……。で、そこで話したことなんだけど……」

「はい」

「そこが記憶が曖昧《あいまい》で……何話したかな、俺」

「いろいろお話ししましたけど——」

どう答えたらいいんだろう。六花の希望としては、もうかまわないでほしい、ということだ。あの話は、やっぱり市野にとって知られたくない話なんだろうか。それをどう利用すれば、こっちに興味を失ってくれるんだろう。

「安心してください。何も口外《こうがい》しませんよ」

迷ったあげく、六花はそう言った。、この話はこれで終わり、でももう自分にかまわないでほしい――そういうことがこれで伝えられると思ったのだ。

「え――」

市野は青い顔をして絶句《ぜっく》した。

「俺、何をしゃべったのかな？」

「何をしゃべったかは、口外しないと今言ったので、市野さんにも言いません」

かわいくない言い方だが、これくらいビジネスライクな方がこの人にはわかりやすいかな、と思った。それに、あの内容についてはあまりしゃべりたくない。黙っているべきではないのかもしれないが、市野の話でしか知らないんだから、ぬいぐるみのマスターの言うとおり「噂でしかない」のだ。

「え、でも、あの店の人は聞いてたわけだよね？」

「まあ、そうですね。でも、酒の席のことですし、わたしたちは初めてのお客だったわけですから、どこまで本当なのか嘘《うそ》なのか、まったくわからないじゃないですか。そんなのすぐに忘れちゃいますよ」

憶えているかもしれないが、もしそうでもあの二人はなんとなく口が固そうに見える。

ヒロはおしゃべりが好きみたいだが。

「そ、そんなのわからないじゃないかっ」

なんだかあわてたような声に、六花は市野の方を向く。

「だって、ぬ、ぬいぐるみが……」

「ぬいぐるみ？」

それは憶えてるんだ。けどあたし、すっとぼけちゃったんだよな。それで押し通した方がいいんだろうか？

「ぬいぐるみって、ビデオ仕掛けやすいんだよ」

え、何言ってるの？　全然関係ないこと言い始めたよ、この人。なんだかめんどくさい話になりそうなので、やはりここは、

「ぬいぐるみってなんですか？」

で押し通そう。

「とにかく、わたしは誰にも言いませんから」

何か言おうと彼が口を開いた時、

「丸山さーん」

遠くから課長が呼んでいる。

「はーい。じゃあ、失礼します」

もうかまわないでほしい、とはっきり言えばよかったかもしれない。でも、うまい言い回しが浮かばなかったのだ。


それから少しの間は平和だった。

バー・マルコにももう一度行ってみた。やはりあの夜は幻ではなく、ぬいぐるみのマスターはしっかり存在した。

名前は山崎《やまざき》ぶたぶたという。なんてぴったりな名前なんだろう！

あの夜は他に客はいなかったが（金曜日はもっと深い時間に人が集まるのだそうだ）、平日はさっと飲んでさっと帰る老若《ろうにゃく》男女《なんにょ》がたくさん訪れていた。お酒を飲めない人もけっこういた。ぶたぶたは、おいしいコーヒーもいれてくれるのだそうだ。

コーヒー豆を仕入れる店は、うちの会社の近所だった。有名なお店だ。六花も一度だけ行ったことがある。しかも自分で仕入れてるって！　道ですれ違ったことがあったかも！　……いや、ないな。あったら絶対憶えてる。

さらにはいいお肉が手に入ると、特製ハンバーガーやステーキ重《じゅう》なども作ってくれるという。もちろんマスターが。どう作るのかは知らないけど！　お酒だけでなく、様々なことが充実している店だった。

でもやっぱり、シェーカーを振るぶたぶたが最高なのだった。カクテルを頼む時は、なるべくシェークのものにする。というのが、お約束のような雰囲気があるのに、早くも気づいてしまった。みんな見たいんだね、やっぱり……。

パフォーマンスのようなシェークをするバーテンダーもいて、それはそれで楽しいのだけれど、ぶたぶたの場合は別にそういう要素はないのに、そうとしか見えないという——お得？　お得とは違うな、なんだかみんなで固唾をのんで見守るというか——けっこうサスペンスフルな時間なのだ。

いや、別にただ振っているだけなんだけどね。なんかでも、みんなで一緒に「大丈夫かな」みたいに思うというのは、不思議な体験だ。

その上やっぱり、ぶたぶたが作るカクテルはおいしい。

でも、週に一回くらいにしておかなくちゃ。ここのカクテルを飲むと、お酒が好きになってしまう。もっと飲むようになってしまう。

そういうことも、ぶたぶたに話してしまいたくなる。しかし、そんなことを言って悩ませるのも申し訳ないから、じっと我慢するのだ。

そんなささやかな悩みを考えていたら、市野の態度がちょっとおかしくなってきた。

「丸山さん」

ある朝、また椅子を引きずってきて、話しかけてきた。あれ以来、あまり近寄ってこないから平和だな、と思っていたのに。

「あの話、本当に外に出してないよね？」

「……なんですか？」

一瞬本当にわからなかった。すっかり忘れていたのだ。

「とぼけないでよ。まさか……連絡なんてしてないよね？」

「連絡？　誰にですか？」

「猪俣だよ」

その名前でようやく思い出した。って、よく名前憶えてたな、あたし。

「なんであたしがそんなことするんですか」

本気で驚いた。猪俣の連絡先なんて、全然知らないし。

「だって——じゃあ、なんで猪俣からうちに連絡が来たんだよ」

「だから知りませんって」

「家の電話にかかってきてさ……かみさんが出たんだけど、借金を返せって話されたらしくて……子供つれて実家に帰っちゃったんだよ」

「借金してたんですか？」

言いがかりだったらかわいそうだけど。

「いや……まあ、してたんだけどさ」

してたんかい！

「じゃあ、それはあたしには全然関係ないんじゃないですか？」

「なんで？」

その時初めて、市野の様子がちょっとおかしいと気づいた。だいぶやせたみたいだし、顔色も悪い。目が真っ赤に充血《じゅうけつ》していた。服もしわくちゃで、ひと目で手入れされていないのがわかる。奥さんまかせだったんだな。

「猪俣さんは借金回収したいから市野さんとこに連絡しただけじゃないですか。あたしは関係ないですよ」

「いやいや、違うんだよ、関係あるんだよ」

「なんでですかー？」

支離滅裂《しりめつれつ》だな。

「借金って言ってもそれは、違約金《いやくきん》みたいなものでね」

ますますわからない。

「お互いに持ちつ持たれつの関係だったんだよ、お互いの秘密を守ってるうちは」

あー、なるほど。秘密をバラしたら罰金《ばっきん》な、みたいなことか。あの夜聞いたことだけではないんだろうな、と六花は思う。単純な関係ではなさそうだ。

でも猪俣は夜逃げをしたくらいだからお金に困っているだろうし……大義名分《たいぎめいぶん》はあるだろうけど、借金は借金だから「返せ」ってことだけかもしれない——と言おうとしたが、「なんで猪俣が夜逃げしたの知ってるんだ⁉」と藪蛇《やぶへび》になりそうなので黙っていた。

「とにかく、あたしは何も言ってないですよ」

「ほんとなのかよ！」

「何かあたしが知ってるって言ったって、なんの証拠もないじゃないですか」

あまり言いたくないが、そう言うしかない。

「そ、そうか……。でも、猪俣にはそんなの通用しないよ、どうしよう……」

そこでまた課長から呼ばれる。もしかして助け舟を出してくれたのかな。


朝、ちょっとだけ市野としゃべっただけでぐったり疲れてしまった。お昼だけど食欲がない。

頭もぼんやりしているし……もう帰って家で寝たい、と思うくらいだった。しかし、そうも言っていられない。

「あっ、そうだ！」

コーヒー屋さんへ行こう、と思い立つ。前に一度だけ行ったおいしいコーヒー屋さん。ぶたぶたが豆を仕入れに行っているという店。

あそこはけっこう酸味《さんみ》の強いコーヒーで、飲むとシャキッとするのだ。けっこうお高いのだけど、確かランチのセットもある。おしゃれで控えめな量なのだが、今の気分にはぴったりだ。

さっそく少し足を延《の》ばして、その店へ行く。かろうじて席が取れた。セットのコーヒーを飲むと、気分がぐっとよくなる。

ランチのオムレツサンドイッチもおいしかった。何よりも店の雰囲気がいい。たまには来てもいいかな。

お金を払っていると、店の奥から何やら小さなバレーボール大のぬいぐるみが現れた。

「ぶたぶたさん！」

わー、昼間見るのは初めてだ！　陽《ひ》の光の下で見ると、より古ぼけた感じだったが、柔らかい色合いが映《は》える。

「あ、こんにちは、丸山さん」

ペコリと頭を下げる。

「仕入れですか？」

「いえ、近々ここと コラボしてうちの店でコーヒーを使ったカクテルの講習会をやるんです。今日はその打ち合わせに」

「ええー、そんなのやるんですか？　行きます行きます」

「じゃあ、チラシができたので、差し上げますね」

ふふ、ワクワクする……。ここのコーヒーもおいしかったし、ぶたぶたにも会えて、六花の機嫌はかなり、いや、ものすごくよくなった。

しかし、世の中そううまくはいかない。ぶたぶたと連れ立って店を出たところで、なんと市野の姿が目に入る。誰かを探しているような素振《そぶ》りをしている……。あたしじゃなければいいのに、と思ったとたん、こっちを向いた。

「あっ、丸山さん！」

周りがびっくりするくらい大声を出す。思わず後ずさった六花は、ぶたぶたを蹴飛《けと》ばしてしまった。

「ああっ、ごめんなさい！」

あわててぶたぶたを拾《ひろ》い上げ、ほこりを払った。

「大丈夫ですよ〜」

とぶたぶたは言うが、申し訳ない。乾いた地面でまだよかった。ぬかるみだったら洗濯しなきゃ。え、それってお風呂かな？

「丸山さん……？」

ぶたぶたに気を取られている間に、市野がすぐ近くに来ていた。

「あ、市野さん……」

「丸山さん、訊きたいことが――」

と言いかけて、六花が持っているぬいぐるみに気づく。

「そ、そのぬいぐるみは――！」

そう言って、目を見張った。憶えているんだろうか。あの夜のぬいぐるみだって。

「なんで君が持ってるんだ？　最初から仕組んでたのか？」

……また何か誤解したらしい。

「ビデオ仕掛けたんだな、そうなんだな……！」

市野はそう言うと、突然駆け出した。あとに残された六花とぶたぶたは、呆然とその背中を見送るしかない。

「なんだったんでしょうか……？」

やっとぶたぶたが声を出す。

「さあ……あとで、訊いときます」

しかし、それは叶わなかった。

市野はその日を境《さかい》に会社へ来なくなった。というか、失踪《しっそう》してしまったらしい。

「大変だったみたいよ〜」

とあとで情報通の同期から話を聞いた。

「前の日に、奥さんと離婚したばっかりだったんだって」

えっ、「実家に帰った」というのはそういうことだったのか。

「不倫《ふりん》した時に、離婚届を書かせて『次に何かあったら出す』ってことで再構築したらしいんだけど、借金がバレたらしくて」

あー、それは本人から聞いたけど……。

「『何か』っていうのは、もう一度浮気したら、じゃなくて、借金でもダメだったの？」

「前の時も借金あったらしいよ。会社にもなんか闇金《やみきん》みたいなのから電話来たんだって」

「離婚しなかったって聞いたから、奥さんが許したのかと思ってた」

「不倫の証拠はビデオやら画像やら、奥さんが自力で集めたものがいっぱいあったらしいよ。それを謝り倒して再構築してもらったのに借金が発覚したもんだから、すぐに離婚届出されちゃったんだって」

それであんなこと言ってたのか……？

「ビデオ……それって、ぬいぐるみに仕掛けたりとか？」

「いや、そこまでは知らないけど。でも、家のいろんなところに置いたらしいから、ぬいぐるみはありえそうだよね」

結局、市野とはそれっきりだったので、確かめることはできなかった。

彼は飲んで記憶をなくしたと言っていたけれど、結局どこまでなくしたのか。実際は全部憶えていたんじゃないだろうか。ヤバいことを言ってしまったことも含めて。そこだけ忘れたい、と思うような記憶が、彼を追い詰めたのかもしれない。

ここまで大事《おおごと》になるとは思わなかった。ただちょっと自分にかまわないでほしいって考えただけなのに。

と、バー・マルコでぶたぶたに愚痴《ぐち》る。すると、

「真相はわからないままですけど——とりあえず丸山さんは無事でよかったですね」

と言われる。

そうか、あの夜、隣の店がまだあって、市野が予定どおりそこへ六花を連れていったら、どうなっていたか。酒ならまだしも、薬とか盛られたりしたらさすがに——。

背筋に震えが走る。

「そうですね」

「今日は飲んで忘れますか？」

「残念ながら、飲んでも記憶失わないんですよ」

「そうでしたね」

ふふっとぶたぶたの点目が笑った。

悩み事の聞き方

千冬《ちふゆ》が会社を辞めてから、三ヶ月がたった。

いまだに次の仕事が決まっていない。

ハローワークに行き、履歴書《りれきしょ》を送り、面接《めんせつ》をして、断られて――というのをくり返している。貯金を切り崩して生活しているので、なるべく早めに次の仕事につきたいのだが、なかなか決まらない。

なんだか最近気が滅入《めい》るばかりだ。ついつい酒の量が増えていく。

最初はアパートで一人寂《さび》しく飲んでいた。眠れないから飲んで寝る、というのをくり返していく。でも、ある日、飲まないと眠れない、というのに気がついた時に、ちょっと怖《こわ》くなった。「一本だけ」と思って飲み始めたのに、朝には何本も空《から》になった缶が――というのも一度や二度ではない。

このままでは、アルコール依存症になってしまうのではないか。

どこからが依存症なのかは、まったくわからないのだが、知らない間になってしまって、いつの間にか後戻りできなくなっていたらどうしよう、と考え始めたら、止まらなくなっていく。

とにかくネガティブなことしか考えられない今の状況はヤバい。家にいて何もしないでいると、つい酒に手が伸びてしまうので、家から出よう、と思う。

しかし、家を出て何をしよう。お金を節約《せつやく》するために家にいるようなものなのだ。自《じ》炊《すい》すれば、食費も助かる。

と考えて思い出した。最近、ちゃんとした食事をしていない。買い物もしていない。食欲もない。

朝起きても、何も予定がない時は顔も洗わない。面接やハローワークへ行く時はなんとか支度をするが、家に帰るとぐったりしてしばらく動けなくなる。やる気が起こらないし、そもそも何もする気がない。

これって……うつじゃないだろうか。

会社に勤めている時も、うつ病になるのが恐怖だった。なぜなら、大学時代の仲のよかった先輩が、若くして自殺してしまったからだ。ものすごく真面目《まじめ》で、頭がよくて、とても前向きで元気な人だったのに。志望《しぼう》どおりの会社へ入って、とてもはりきっていたのに。たった一年で疲弊し切って、別人のようにやせて、首をくってしまった。いまだに信じられない。

うつ病で病院にも通っていたという彼女の話を聞いて、千冬も何か気になることがあるたびに、うつ病のチェックを行なってきた。リカバリーができる程度ならば、きちんと休んでリフレッシュをした。でも、それが次第に追いつかなくなり、ヤバいと思って会社を辞めたのだ。田舎の両親にはまだ言っていなかった。言えばきっと「もったいない」と言うだろうから。新卒で七年も勤めたのだから、もう少しがんばればよかったのに、と親世代の人は言いがちだ。

今から考えると、前の会社は典型的《てんけいてき》なブラック企業だった。サービス残業や休日出勤は当たり前で、タイムカードなんてあってもなくても変わらない。結局あの会社には、そういう働き方をしても大丈夫な人しか残っていなかったのだ。寝ている時間以外をすべて仕事に捧《ささ》げても平気な人だけが働けるところだった。

そういう人間ではなかったし、順応《じゅんのう》もできなかった千冬は会社を辞めた。辞めたことはまったく後悔していないけれど、どうして今、追い詰められているんだろう。もう何にも追われていないのに……。

いや。仕事がなかなか決まらないことに追われているというか、その焦《あせ》りは想像以上のものだった。不採用《ふさいよう》の通知が来たり、履歴書が返ってきたりするたびに、自分が否定されたような気分になってしまうのだ。

先輩と同じようなことをしなければ——潰《つぶ》される前に辞めれば、うつ病にならない、と思っていたのは、間違いだったのだろうか。

とはいえ、まだ病気と決まったわけではない。自覚ができただけいいじゃないか。それがきっと大切なはず。でも、それも思い込みだったらどうしよう——とこれでは堂々巡りだ。

とりあえず酒はやめないといけないのかもしれない。しかし、そしたらどうやって眠ったらいいのだろう。

「眠らない」という手もある、と思い至《いた》る。が、それは危険だ。この言葉は正しくは「無理に眠らない」ということで、「自然に寝入《ねい》るのを待つ」というもの。その「自然の寝入り」というのが訪れないから困っているのだ。

あとは……身体を動かすしかないのだろうか。疲れ切って眠る、というのを期待するしかない？

そうだ。うつには運動が効くという。散歩をしよう。もう真夜中だけど、眠れないから歩こう。明日何か用事があるわけでもないし。

千冬はコートに財布を突っ込んで、冬の夜の中に飛び出した。

思ったよりも外は寒かった。一月だから当然か。マフラーと手袋も持ってくればよかった。

コートのボタンを上まできっちり閉め、ポケットに手を突っ込んで歩き出す。息を吐《は》くと、ぼおおっと顔の周りにまとわりつく。

規則《きそく》正しい生活をする、ということに半《なか》ば妄執《もうしゅう》しているところもある、と歩きながら思った。

いや、その規則正しい生活自体はいいのだ。問題は「妄執」しているという点。「それさえしていれば何も問題がない」とでも自分は思い込んでいるんだろうか。すがれるものが少ないので、何かあればすぐにつかまってしまうのかもしれない。それがわらしべであっても。そういう判断力も落ちているのかな……。

つい余計なことを考えて、ちょっと気分が沈《しず》んでしまう。いけない、明るいこと考えなくちゃ!

と思ったら、お腹がぐーっと鳴った。あ、いい徴候《ちょうこう》。よし、何か食べよう。

いつの間にか隣の駅まで歩いていた。この駅の周りには飲み屋が多く、一晩中人が絶えない。いかん、こんな街には近づかない方がいいかも。また飲んでしまう。

元々千冬は庶民的《しょみんてき》な飲み屋でわいわい飲むのが好きだ。知らない人ともすぐ仲良くなれる。こういう時こそ楽しく飲むのも必要なのかな。どっちにしろ飲んだら逆効果になるのか……。さっぱり判断がつかない。自分に自信がなくて、精神的に不安定なのだ。

でも、やらなくてはならないことはあり、浮上《ふじょう》するまで黙ってじっとしていることはできない。

そして、お腹も空《す》く。

コンビニでおにぎりでも買った方がいいかな。でも食べるところがないし、ちょっとわびしい……。温かいものが食べたいが、ファミレスに入る気分でもない。

そんなことを考えながらフラフラ歩いていると、立ち食いのおでんの店が現れた。小さなアーケードの入口近くにある店だ。

大きなおでん鍋を囲むようにしてありあわせのテーブルがいくつか並び、そのどれもにぎわっている。出汁のいい匂《にお》いがあたりに漂っていた。飲み屋というか、「桜屋《さくらや》」と看板に書いてあるが、おでん種《だね》の店なのか。冷蔵のショーケースの中には、たくさんの練《ね》り物《もの》などが並んでいた。

え、これ全部食べられるのかな。この生姜《しょうが》揚げってあったまりそうでおいしそう。

奥の壁《かべ》には、

『酔っぱらいの方、お断り』

と貼り紙がある。飲み物は頼まなくてもいいの？　おでんだけっていうのも悪い気が

……。

巨大なおでん鍋からは、ホカホカ湯気《ゆげ》が上がっていた。周りからは笑い声が響く。

おでん、食べたい。それは衝動《しょうどう》のように千冬の身体を震わせた。単に寒かったからかもしれないが、あったかいおでんが食べたくてたまらなくなった。

おでん鍋の前の人だかりが途切れた。ようやく千冬の番だ。

「はい、いらっしゃい」

「あの、飲み物は――」

とおでん種に目を奪われながらたずねようとして、ふと気づく。あれ、人がいない？

「はい。ビールや缶酎《ちゅう》ハイ、焼酎《しょうちゅう》や日本酒もありますよ」

そう言う中年男性がいるはずの場所には、ぬいぐるみがいた。薄いピンク色のぶたのぬいぐるみだ。バレーボールくらいの大きさで、白い割烹着《かっぽうぎ》を着ている。黒ビーズの点目に、突き出た鼻。大きな耳の右側はそっくり返っている。そして、長い菜箸《さいばし》と皿を持っている。高さからして、おでん鍋の向こう側に立っていると思われる。

今聞こえた声は、このぬいぐるみが発したの？　いや、そんなバカな。多少家で飲んでいた酒が残っているとしても、寒い中歩いてきたので、だいぶ冷めている。こんな幻覚を見るような酔い方もしない。

「幻覚じゃないからね」

脇《わき》からいきなり男性が話しかけてきた。スーツ姿で会社帰りのサラリーマン風。何っ、心を読まれた⁉

「この人は、ここの店主の山崎ぶたぶたさんですっ！」

酔っぱらい丸出しの言い方で宣言する。

「げんさん、もう帰った方がいいですよ」

ぬいぐるみの点目は揺るがずに彼を見据《みす》えて、そんなことを言う。

「はいはい、わかりました。もう帰ります。ごちそうさん〜」

酔っぱらいの男性は笑いながらそう素直に言うと、フラフラとアーケードを歩いて去っていった。

「すみませんね、初めてのお客さんだと何か言いたくて仕方ない人が多くて」

ぬいぐるみの鼻がもくもく動いてそんなことを言う。点目がふふっと笑ったようにも見えたが、きっと気のせいだろう。

「で、何にしましょうか？」

ぬいぐるみは大きな皿と長い菜箸で武装《ぶそう》しているように仁王立《におうだ》ちしている。取る気まんまんだ。頼まないわけにはいかない……みたい。

「ええと……大根と玉子と餅きんちゃくとちくわぶと——」

千冬の注文に合わせて、長い箸がおでん鍋の中をつつき、ひょいひょいと皿の中に種を入れていく。特に玉子は、箸で取ったと思ったらもう皿に入っていた。手際の良さは感動ものだ。それはぬいぐるみだからなのか？　いや、普通の人間がやってもなかなかの見ものだった。ベテランの手腕《しゅわん》、というやつだ。ベテラン……まあ、声はおじさんだけど。

「もう入らないですよ」

あっという間に皿が山盛りになった。

「あ、じゃあそれで――」

ぬいぐるみはお玉で出汁を入れ、辛子《からし》をガッと皿のふちに塗りつけて、差し出す。あわてて受け取ると、かなり重くてびっくりした。

「あの、飲み物は……アルコールじゃないものありますか？」

「ウーロン茶になりますけど」

「じゃあ、それください」

おでん鍋脇にある冷蔵庫から、ぬいぐるみがウーロン茶の缶を出す。移動できるようになってるんだ――と一瞬感動したが、そこは普通の作業スペースであり、基本的に歩くところではないのであった。

料金はその場払いだ。

「はい、じゃあ玉子と、大根と――」

と確認と同時にさっと金額が出てくる。ぬいぐるみのくせに暗算《あんざん》が得意なんて……すごいじゃん。

皿とウーロン茶を持って振り返ると、テーブルは見事にいっぱいだった。道端に立ったり座ったりして飲んでいる人もいる。平日のはずなのに、なんだろう、この混みよう。

「お姉さん、ここ来なさいよー」

突然おばさんに声をかけられる。端のテーブルから手招《てまね》きしていた。言われたまま、山盛りの皿を持って移動する。テーブルにはもう一人、ニコニコしているおじさんも一緒にいた。軽く会釈すると、

「ここで食べな」

と言ってくれた。二人とも五十歳くらいの人だ。ご夫婦かな。

「ここの店、初めて？」

おばさんにたずねられる。

「あ、はい」

「さっき、げんさんに声かけられてたから、そうだと思ったんだー」

「わかるんですか？」

あの人は常連《じょうれん》さんなんだろうけど。

「あ、食べなさい、冷めるから！」

「はい、ありがとうございます」

さっそく大根にかぶりつく。中まで味が染《し》みていて、とてもおいしい。薄味で、汁まで飲みたくなる。

「おいしいでしょ？」

「はい。すごくおいしいです」

なんだか久々に人と話したかも、と思う。友だちとはメールやＳＮＳでばかりだから、声をあまり出さないのだ。幼馴染《おさななじみ》が「いつでも電話して」と言ってくれたけれど、彼女も悩んでいるのを知っているから、電話しにくい……。

「初めてだっていうのは、ぶたぶたさんを見た時にみんなわかるからねー」

おばさんが話を続ける。

「あっ、そうか――」

あのおじさんが「幻覚じゃないから」と言ったのは、あたしの反応を見たからなんだね。

「あれはげんさんの常套句《じょうとうく》なのよ。たいていはみんなそう思ってるから」

口に入れていたちくわぶを吹き出しそうになる。

「心を読んだんじゃないんですね」

「そうよー、あたしもやられたわ」

「俺も俺も」

「えーっ、そうなの、初耳！」

……夫婦じゃなかったのか？

「げんさんは古いらしいからなあ」

「そうなんだ。何してる人？」

「俺は知らない。ぶたぶたさんに訊けばわかるだろうけど」

「ぶたぶたさんはなんでも知ってるのよね、不思議よね」

「ぶたぶたさん」という言葉が出るたびにドキドキする。どう考えても、あのぬいぐるみのことだから。

「お酒は飲まないの？」

「あ、えーと……」

「おでんだけ食べたっていいじゃんかよー」

おじさんがニコニコ顔のままおばさんをたしなめる。ちなみに二人が飲んでいるのはビールのロング缶だ。

「ほんとはおでんだけ延々食べていたい」

「嘘ばっかり」

確かに飲みながらそれを言っても説得力はない。

「うちの娘は、たまに鍋持ってここに買いに来て、適当に入れてもらって夕飯にしているらしい」

「あー、なるほど、子供がいるならそれは賢《かしこ》いわね」

いいなあ、こんなお店が近所にあって。値段もリーズナブルだし。千冬が住んでいるところは、駅には近いけれど住宅街だから、こんなにぎわっている商店街はないのだ。

「もしかして、もう飲んできたの？」

「あ、はい」

嘘じゃない。家で飲んでたから。

「あー、でもびっくりしたから酔っぱらいと認定されなかったのね」

「え？」

「酔っぱらってるとぶたぶたさんに気づかないっていうか、本気にしない人もいるのよ」

「なるほど。『酔っぱらいお断り』のリトマス試験紙になるんですね」

「あらっ。しゃれたこと言ってるよ、この人！」

「うまいうまい」

二人ともだいぶできあがっているようだが、ご陽気なだけのようだ。

「どっちにしろ、ここでもそんなに飲めないけどねー。あたしたちもこれで終わり」

とビール缶を振る。

「そうなんですか？」

「ここら辺の飲み屋っていつも混んでるし、回転早くするために『お銚子《ちょうし》二本まで』とか制限してたりするのよ」

「へーっ」

この街は、飲み屋が多いので有名（テレビで見ただけ）らしいが、そういうこともあるんだ。

「安いからって居座られるのも困るしね。ここもスペース狭いし、アーケードの道路を使わせてもらってるから、限度があるのよ」

「確かここも二本か二杯までかな。ほら、あそこに書いてある」

『酔っぱらいお断り』の貼り紙の隣に、小さく『お酒は二杯まで』と書いてあった。

「吹きさらしで立ち飲みだから、缶のものが多いし。瓶の酒は冷やのみ。寒い時は出汁割りもいいよ」

「なんですか、それ」

「おでんの出汁で日本酒や焼酎を割るんだよ」

「うわっ、飲んでみたい……」

千冬はウーロン茶を飲み干した。喉がすごく渇いていた。お腹にはまだ余裕がある。もう一皿おでんを食べて、出汁割りを飲もうかしら……。

ああ、飲まないために家を出たのに。何してるの⁉

「あ、あの人、出汁割り飲んでる」

おじさんの声に振り返ると、大学生風の若い男の子がふーふーしながらコップに口をつけている。うわ、あったまりそう……。ウーロン茶冷たかった……。

空の皿を持って、ふらふらとまたおでん鍋へ近づく。

「あのう、おでんをもう一皿――」

ぶたぶたという名のぬいぐるみにおそるおそる声をかける。くるっと振り向く様子がとてもかわいい。

「はい、なんにしますか？」

さっき頼まなかったものを中心にチョイスする。昆布《こんぶ》とちくわとロールキャベツ、さつき忘れた生姜揚げ、大根ももう一つ。

「おすすめは、はんぺんですよ」

ぬいぐるみが言うので、それも入れてもらう。

「お酒、出汁割りにしてください」

「はい。日本酒？　焼酎？」

「……焼酎で」

「わかりましたー」

コップを置いて、後ろの棚から一升瓶《いっしょうびん》を両手で抱え上げ、ふたを取ると躊躇《ちゅうちょ》なく傾ける。トクトクトク、と勢いよく酒が注《つ》がれ、ちょうどいいところでピタリと止まった。どうやって持ってるんだ、という疑問もあるが、入れているところが見えているのか、という角度でもある。なのにこぼしもせず、ぴたりと半分で止まるのはどうしてなのだ?

そのあとは、コップにおでんの出汁をお玉ですくい、なみなみ入れてできあがり。湯気がホカホカたっている。

「熱いから、気をつけてください」

「ありがとう」

さっきのテーブルに戻って、おでんにかぶりつく。はんぺんはふわふわだった。口に入れると溶けるようだ。こんな柔らかいはんぺんは初めて。

「ああ、幸せ……」

思わず口から言葉が出て、びっくりする。おいしいものは正義だな。

昆布はとても肉厚で、食べでがあった。ロールキャベツはとにかく大きい。中の肉はつくね風の味つけだった。生姜揚げはシャキシャキ千切《せんぎ》り生姜の食感がいい。出汁割りは熱々で、いろんな旨味が溶けていた。

「出汁の味も微妙に変わるから、いつ飲んでも違う気がするんだよね」

「それってあんただけじゃない?」

おばさんがおじさんをペシッと叩いて笑っている。

楽しく話しているうちに千冬はおでんを食べ終わる。飲み終わったおじさんとおばさんも帰っていく。別々の方向へ。やっぱ夫婦じゃなかったみたい。

身体もあったまって、すごく満足した。お酒は一杯しか飲んでいないが、この場合の「二杯」というのは「注文二回」という意味だろう。そろそろお開きだ。

皿を返しに行くと、ぶたぶたが、

「お腹いっぱいになりましたか？」

と声をかけてくれた。

「はい」

あれ、もしかしてそんなに食べる人っていないのかな、とちょっと恥ずかしくなる。

「今日はもう帰るの？」

そんなことを訊かれる。まるで常連さんみたい、と思った。なんだかうれしい。

「はい、もう帰って寝ます」

と素直に答えてしまった。

「そうだね。あったかくして寝てください」

そう言うぶたぶたの点目が笑っているように見えた。

その日は本当にまっすぐ帰り（もちろん歩いて）、そのまま寝てしまった。ぐっすり眠って、翌朝というかお昼頃、すっきり目覚めた。

最近、朝起きるといつもどんよりとしていたので、ちょっとうれしかった。部屋の掃《そう》除《じ》をしたり、いらないものをまとめてゴミ出しをしたりした。

夜も酒を飲まなくても眠れた。

それから何日かはその気分が続いたのだけれど、仕事が決まらないとまた元に戻ってしまう。夜、眠れなくていろいろなことを考える。どんどん不安が蓄積《ちくせき》していく。田舎に帰っても仕事はないし……今とは違う不安に苛《さいな》まれるだけだ。でも、どちらがいいんだろう。せめて少しでも明るい方向に行きたい。でも、どっちが明るいのか、さっぱりわからない。

「眠れない……」

起き上がってつぶやく。こんな時は、酒を飲んで寝てしまうのが一番だ――。

と冷蔵庫を開けて、ハッとする。それはやらない方がいい。また最近ろくに食べていないし。

朝になって空になった缶を前に自己嫌悪《けんお》に陥《おちい》るだけなのだ。

どうしよう――と思った時に思い出したのが、あのおでん屋だった。

『お酒は二杯まで』

二杯くらいなら、飲んでも大丈夫なんじゃないかな。それにやっぱり、おでんのことを考えるとお腹が空いてくる。

寒いけど、雨も降っていない。カラカラに乾いた天気が続いている。

よし、行こう。

謎の行動力だと思いながら、千冬はまたコートをひっかけ、今度は手袋とマフラーも持って、アパートを出た。


「あ、いらっしゃい」

ぶたぶたは、千冬を見て、憶えているような素振りをした。いや、それはこっちがそう思いたいだけかもしれない。単なる自己満足だな。

「おでんとビールをください」

ショート缶にしておいた。出汁割りはあとで。

「はい、何にします？　今日のおすすめはカレー風味の肉きんちゃくです」

またなんかおいしそうなものが——！

性懲《しょうこ》りもなく山盛りの注文をしてしまった。他の人の皿を盗み見ると二、三種類くらいしか頼んでいない。ちょい飲みするために来ているだけなのだ。千冬のようにがっつりおでんを食べに来る客はいないのかもしれない。

「おでん好きなんですねえ」

と言われたが、果たしてそうなのか、と考える。好きだけれど、こんなに食べたことない。一冬に一度か二度食べて、「ああ、おいしい」と思うくらいだ。コンビニのおでんもあまり買わない。自分でも作らない。

飲み屋で食べるのが一番おいしくて好きかも。

「そういうわけじゃないんですけど……」

うまく答えられなくて、言葉を濁《にご》す。でもこれって、やっぱりあたしのこと憶えててくれたってことじゃない？

不採用をくり返すたびに、自分がいらない人間で、誰からも気にかけてもらえない、と感じるのがつらかった。だから、誰かに自分のことを憶えてもらっているだけで、うれしい。

でも、ここには二杯分しかいられないんだよな……と思うと、ちょっと悲しい。なぜだろう。ぬいぐるみのぶたぶたが愚痴を聞いてくれるわけでもないのに。

やっぱり、おでんがおいしいからなんだろうか。

なんで行ってしまうかわからないまま、それから何度かぶたぶたの店へ通った。

家で悶々《もんもん》と何か考えてしまいそうな時は、すぐに行った。二杯だけ飲んで、おでんを食べて、またすぐに帰る。一時間のウォーキングは睡眠《すいみん》の質《しつ》を上げたのか、だいぶ眠れるようになってきた。家では酒を飲まなくなったし。

ぶたぶたとちょっとだけ話すのも、楽しみになってきた。知らない人と相席《あいせき》になって雑談をするのも面白い。

それでも、根本的な悩みは消えていないので、毎日「どうしよう」と思いながら暮らしていた。このまま仕事が決まらないと、おでん屋通いもできなくなってしまう。

いっそバイトを始めるか……。いや、それはもう少しがんばってから考えるか。

それさえも決められないまま、時間が過ぎていった。

その日もテーブルは満席だったので、女の子二人連れに交じらせてもらった。ギャルっぽい若い子だった。

「この街の飲みツアーをしてるんです」

「飲みツアー？」

「安くて、でも『二杯まで』とかいうところが多いから、そこをどんどんハシゴしてくんです」

「あー、なるほど。たくさん行けそうだね」

「そうなんですけど、最後はベロベロです」

ギャハハッととても楽しそうに笑う。

「あんまりお金ないけど、ここは楽しく飲めるところが多いから」

派手な格好をしているが、堅実《けんじつ》な発言をする。

「最初は必ずぶたぶたさんのところって決めてるんです」

「どうして？」

「いいお店教えてくれるから」

「一回、変な店でボラレたことがあったんです。それを言ったら、危なくないところを教えてくれて」

「そうなんだー」

面倒見がいいんだ。

「飲み屋だけじゃなくて、いろいろなところを教えてくれるんですよー」

「へー。どんなところ？」

「占《うらな》い師さんとか」

「えっ、そんなものまで？」

「仲良しの占い師さんなんですって」

仲良しかー……。そういうのって互助会《ごじょかい》的な匂いがするなー。商店街のつながりなんかもあるだろうし。——というのは、ひねくれすぎだろうか。

「お姉さんも行ってみたらどうですかあ？」

けれど、そう言われると……なんだか行ってみたくなる。

実は、家にあるぬいぐるみにちょっと話しかけてみたりしたのだ。ぶたぶたに愚痴を言えたら楽になるかしら、と思って。

でも実際は、全然楽にならなかった。そりゃそうだ。うちにあるぬいぐるみは熊《くま》だし、しゃべったりしないし、おでんをよそってもくれない。

そもそもぬいぐるみは返事をしてくれないものなのだ。

せめてちゃんと返事をしてくれるものとしゃべりたい――と思っていた。

友だちに言えばいいというのはわかってる。でも千冬の友だちも、みんな悩んでいる。みんな大なり小なり苦しんでいる。そんな彼女たちに重い話をするのは気が引けるのだ。

「話なら聞くよ。聞くことしかできないけどね（笑）」とメールなどで言うけれども。

だから、占い師というのは今の千冬にとって、一番必要な人なのかもしれない。


しかし、千冬は教えてもらった占い師のところへはなかなか行けなかった。夕方に開いて、夜中にもずっとやっていると言われたのだが、決心がつかなかった。そのかわり、彼女たちに教えてもらった（つまりぶたぶたおすすめの）変わったところへ行ってみたりして。夜中に開くまんじゅう屋さんやら、射撃場《しゃげきじょう》やらお化《ば》け屋敷やら。なんだろうか、この街は。そして、それを知っているぶたぶたもなんだろうか。

しかし射撃場はよかった。エアガンの試《ため》し撃《う》ちができるのだが、かなりストレス解消になった。試し撃ちだけで買わない（モデルガン屋さんのショールームなのだ）のが申し訳ないくらいだ。

明け方まで一人でフラフラして、ようやく占い師のところへ行く決心がついた。もしやってなくても、そろそろ電車が動くから、それで帰ろう。

細長いビルの狭い階段を上がると、ドアの向こうから笑い声が聞こえた。

そっとノックをしたが、返事がないのでドアを開けてみる。

「あのー、すみません……」

そう声をかけると、机に突っ伏していたおじさんが顔を上げる。あれ、どこかで見たことがあるような――。

「あ、いらっしゃいませ」

そう言ったのは、別の人だった。最近聞き慣れてきた声にそっくり。

おじさんと向かい合って座っていたのは、ぶたぶただった。

「ほら、げんさん、お客さまだよ」

あー、そうか。げんさん！　おでん屋で「幻覚じゃないよ」と話しかけてきた人。

「あ、はい、どうぞー、かけてください」

「僕、帰りますね」

「あ、いえ、そんな。まだ終わってないのなら――」

ぶたぶたも占いをしてもらうのか、と衝撃を受けたのだが。

「いや、僕は別に占いをしてもらったわけじゃないから。差し入れして、ちょっと飲んでただけ」

よく見ると、テーブルの上にビール缶があった。おでんを食べつつ、二人で飲んでいたようだ。女の子たちが「仲良し」と言っていたのは、本当の意味での「仲良し」だったのか。

「明け方に来る人はあまりいないから、油断したよー、ごめんねー。座って座って」

「じゃ、僕はこれで――」

「あっ、ちょっと待ってください！」

考えるより先に、千冬は声が出ていた。

「あのー……一緒に聞いてもらえませんか？」

「え？」

「あの、占い初めてなんで、一人じゃ、ふ、不安なんです」

これは本当のことだった。

「この人、強面《こわもて》だけど、怖い人じゃないですよ」

きょとんとした点目で、大真面目な声を発する。

「まあまあ。ぶたぶたさん、初対面の若い女の子とおっさんが二人きりってのも気まずいじゃない。ぶたぶたさんがいてくれたら和《なご》むから」

「でも、僕もおじさんなんだけどね……」

戸惑ったようなしわが点目の上にできているが、ぶたぶたは脇のソファにちょこんと座ってくれた。初めて全身を見たことに気づく。手と足って長さ同じくらいなんだな……。

「部外者に聞かれても大丈夫なことなんですか？」

「あ、別にそんな、大したことじゃないので……」

誰もが持つようにありきたりな悩みだ。

千冬は、会社を辞めてからなかなか次の仕事が決まらないことを相談した。

「不安で、夜もあんまり眠れなくて……」

「最初ぶたぶたさんとこに来た時、ずいぶん疲れた顔してたよー」

げんさんが言う。憶えているとは思わなかった。

「そうですか……？」

「最近、よくうちに来ますよね」

ぶたぶたも言う。

「はい。おでんおいしくて。家で飲まないようにしてるんです。あそこだと、二杯で終わりだから」

「けど、飲むのは毎日じゃないんでしょ？」

「はい、面接の前の日は、とりあえずおとなしくしてるんですけど……」

いつ何もかまわず飲みに行ってしまうか、と自分のことながら恐れている。あるいは、二杯ですまなくなったら、と。

「うーん――」

げんさんは、暦《こよみ》や手相《てそう》などを念入りに調べた。

「今年は決して悪くないんだよね。特に前の会社は辞めてよかったと思うよ。すごく正しい判断をしたと思う」

「そうですか？」

そう言われるだけでホッとする。少なくともこれから入る会社はあそこよりマシだとは思えそう。

「焦らないで結果を出せば、多分いい方向に動きそうだけど、今は停滞《ていたい》の様子が手相に出てるんだよね」

「はあ……」

「占いでいろいろ相談してくれるのは、こっちとしてはうれしいんだけど、たまってるものはとにかく吐き出して、気分をすっきりさせないとダメなんじゃない？」

「そうですかね……。どうやったらため込んでいるものを外に出せるんでしょうか」

「話せる友だちはいる？」

「友だちはいますけど……他の子たちもいろいろ大変で……」

「遠慮しちゃう？」

「そうですね……」

「どう思う？　ぶたぶたさん？」

いきなり振られて、ぶたぶたの点目がぱちくりしたように見えた。

「え、どうなんだろう。僕は占いのことはよく知らないけど」

「いや、今の質問は占いじゃないでしょ」

それもそうだ。

「ええー、話せる友だちがいるなら、聞いてもらった方がいいんじゃないかな？　相手が大変なら、それも一緒に聞いてあげればいいんですよ」

「それって、共倒《ともだお》れになりませんか……」

お互いの鬱々《うつうつ》とした話を聞き合って、もっと暗くなりそう……。

しかしぶたぶたは、ほのぼのとした外見からは思いもよらないことを言い放った。

「そんな、相手のことなんて考えなくたっていいんですよ！」

「……ええーっ！」

「ほえー」

げんさんが変な声を出す。

「もちろん、相手もこっちのこと考えないようにして」

「そ、それって意味があるんですか？」

「あると思う。僕が毎日やってるようなことだし」

「どういうこと？」

「毎日お客さんといろいろなことをしゃべるけど、たいてい聞いてもらいたいだけじゃないですか。答えは求めてこないでしょ？　酔っぱらってるとなおさら。答えを言っても憶えてないこともあるし。言ったことも憶えてなかったりするけど、朝になるとけっこうすっきりしてるって聞きますよ」

「一緒に答えを見つけないといけないのかと思ってました……」

実際に相談された友だちと同じ気持ちに陥ってしまい、何日もそれをひきずったこともある。

「答えは自分で出さないと、あとで後悔したり、答えを出した人のせいにしたりすることもあるんですよ」

「じゃあ、一人で考えればいいってことにもならないですか？」

答えを出すのが自分だけならば。

「それは壁に向かって話してるのと同じでしょ？　そのまま返ってくるだけですよ。人は壁よりも柔らかいから、少し衝撃を吸収してくれるんだよね、多分」

ぶたぶたって、人よりもさらに柔らかそう。だからみんな話すんだろうか。

「あの……飾ってある人形とかに対して言っても、効果あるでしょうか」

家でやっていることを思い出した。ぬいぐるみに、と言う勇気がなかった。

「ある程度はあると思いますけど、お客さんくらいの悩みだと、もう少し受け答えのあるものに助けを求めた方がいいんじゃないでしょうか」

家にいる熊は柔らかいけれど、こんなふうに話してはくれない。壁よりはいいけど、多分人やぶたぶたよりも返ってくる声は固いままなんだろう。

「占い師でももちろんいいと思いますけど」

あわててフォローするようにつけ加えたのが、なんだかおかしかった。げんさんは苦笑しながら、

「あー、まあ、相談する人がいなければプロに頼むというのは一つの手だよね。けど、合う合わないがあるから、友だちや家族に相談できるのなら、とりあえず頼った方がいいよ」

と言う。

「そうなんでしょうか……」

「ごめんね、なんだかすっきりしない結果になって」

「あっ、もしかして僕が余計なこと言ったからでしょうかね！」

ぶたぶたがあわてたようにソファの上に立ち上がる。やっぱり足が短い。

「いやいや。俺が振ったからでしょ。この人には俺よりも、ぶたぶたさんの方が効きそうだって思ったんだ」

「なんで？」

「若い女の子だから」

「何それ！」

「若い女の子は小さなぬいぐるみが好きだろ？」

このおじさんたちからすれば、あたしも若い女の子か。ちょっと複雑な気分になったが、ふと気づく。

「あのう」

千冬が口をはさむ。

「だったらおでん屋さんには、もっと若い女の子がいると思うんですけど」

実際はほとんどはおじさん――というか、半分はおじさんで、あとの半分を他の年代の男女で分け合っている、という感じだったが。

「そ、それはこの街の人口分布《ぶんぷ》の問題だよ！」

ここはおじさんが多い街なのか。

「あとはやっぱり、おでんの味のせいかな？」

ぶたぶたは自画自賛《じがじさん》している。それがおかしくて、千冬は声を上げて笑った。

薄く明るくなってきた街を、また歩いて家へ戻った。さすがに眠い。

ふとんに入って目を閉じる前に、幼馴染の友人に「今夜、電話していい？」とメールした。

それから目が覚めたのは、お昼頃で——スマホには、彼女からの「いいよ」という返事が入っていた。


その夜、二人で久々に長電話をした。

昔はよくこうしてしゃべったものだった。昼間も会っているのに、何をそんなにしゃべることがあるのか、というくらい。

幼馴染は結婚しているのだが、まだ子供はいない。そして、自分の実家のことでも悩んでいた。こっちは東京だし、遠く離れた自分にはなんの手助けもできないと思っていた。

そんな気持ちや、ぶたぶたやげんさんに言われたことをそのまま言ってみた。

「相手のことなんか考えなくてもいいって言われたんだよ」

そう言うと、彼女は電話口でひとしきり笑って、

「そういえば、悩みを聞いてるつもりでも、結局自分のことしか話してないってあとで思ったこと、あったわ」

「それはいけないんじゃないかと思ってたんだけど」

話すことは、自分だけが重荷を降ろしたつもりで、実は相手に押しつけたようになっているのではないか、と考えていたのだ。

「お互いにそうなら、いいんじゃないかな」

「一方的でなければ？　でも、悩みのない人に聞かせるのはそれはそれで気が引ける……」

「でもねえ、悩みがない時の方が多分相手のことは考えないよ。だってさ、悩んでいるから相手のことがわかるんだもん」

そうか……。

「わかるけど、その人の代わりにその悩みを引き受けることなんて、結局どんな人でもできないんだよ」

「わかるだけでもいいのかな」

「その人は、そう言いたかっただけなんじゃない？」

気持ちをわかってあげるだけでいい。話を聞いてくれるだけでいい。

それだけのことなのに、どうしてすぐに忘れてしまうんだろう、と千冬は思い、そっと涙をこぼした。

そのあと、ほどなくして仕事が決まった。以前とはまったく違う業種で慣れるまで大変そうだが、人間関係に関しては超ホワイトだった。

このあとは、げんさんの言うとおり「今年はいい年」というのを信じるしかない。

お酒を飲まなくてもようやく眠れるようになったが、あのおでん屋には週一くらいで今も行っている。会社帰りに寄って、二杯だけ飲んで、ぶたぶたがたくさんの客からいろいろ話しかけられる様子をながめて、歩いて帰る。

みんな、なんてことのない愚痴から、「それをここで言う？」というような悩みまでぶたぶたに話しかける。

彼はみんなの悩みをまさに「受け流す」という感じで聞いている。そして、「これを食べなさい」とおでん種をおすすめしてくれる。話し終えてそれを食べると、みんななぜか満足そうに帰っていく。

ぶたぶたは、その人の悩みを解消することはできないけれど、身体と心をおでんであっためる術《すべ》なら持っているのだ。

それはきっと、誰でも持っているものだって、きっと彼はあの夜、言いたかったに違いない。

「ぶたぶたさん、こんばんは」

「はい、いらっしゃいませ。今日は早いですね」

そのひとことがうれしい。

「今日のおすすめはなんですか？」

「コーン入りのがんもどきです」

他の人には他のおすすめをするのだ。それだけ食べても満足するのに、今日も千冬はおでんを皿に山盛りにする。

珊瑚色の思い出

奈保子《なほこ》は、この春から習い事をしている。

近所のイタリアンレストラン〝ルビーノ〟で二週間に一度行なわれているソムリエ講座だ。

ソムリエであるオーナーの赤坂《あかさか》がやっている講座なのだが、時々有名なソムリエなどを招いたりしている。

おいしい新作料理も出るので、それを楽しみにしている人も多い。

奈保子はワインが好きだから通っている。ワインの知識とともに料理のレシピも教えてくれるから、それをたまに家で振る舞っている。夫に好評だ。

講座で知り合った女性たちと、たまに飲み会——女子会もする。それも楽しい。

自分の人生は、充実していた。優しい夫とすでに独立した二人の子供。夫婦の両親は両方とも充分な老後資金《ろうごしきん》がある。この不景気な時代に奈保子はずっと専業主婦《せんぎょうしゅふ》をやっている。この先、よほどとんでもないことが起こらない限り、おそらく働く必要はないだろう。

それでいいと、奈保子自身も思っていた。ついこの間までは。

今日のゲスト講師《こうし》の名前は変わっている。

「山崎ぶたぶた？」

ペンネームかな？

「知ってる？」

有名な人なんだろうか？　隣に座っている友人に訊く。

「知らない」

彼女も首を振る。

「でも、ここに呼ぶくらいだから、業界では有名なんじゃない？」

「そうだよね」

今まで呼んだゲスト講師の名前だって、最初から知っている人は少なかった。でもみんな、ワインの知識はもちろん豊富だし、それぞれ個性があって面白かった。好きなワインがみんな違うから、それに特化《とっか》した講座になる。

奈保子は、元々ワインが好きだったし、テイスティングにも興味があった。料理も上手だし、味に敏感《びんかん》だと言われたこともあって、ソムリエにも興味を持ったのだ。

それで、とりあえずこのレストラン主催《しゅさい》の講座に通っている。「初歩的なことしか教えられない」とオーナーは言うが、奈保子にはすべてが新鮮だった。

今日もきっと個性的なソムリエさんなんだろう。奈保子はワクワクして講座が始まるのを待った。

やがて時間が来て、設《もう》けられた小さなステージにオーナーが上った。

「みなさま、いらっしゃいませ。今日のゲストはわたしにとって特別な方です。わたしの師匠《ししょう》と言っていい方です」

え、そうなんだ。これまでのゲストに対し、オーナーは「友人」と言っていた。この山崎ぶたぶたという人は師匠——いったいどんな人なんだろう。

「ではご紹介《しょうかい》します。山崎ぶたぶたさんです」

そう呼ばれても、山崎ぶたぶたはなかなか出てこなかった。え、どうしたの？

「あ、みなさん、ぶたぶたさんはとても小さいので、こちらに視線を——」

とオーナーが誘導する方を見ると、そこには小さなぶたのぬいぐるみがちょこちょこ歩いていた。

歩いていた⁉

十人ほどいた参加者の視線が一点にいっせいに集まり、後方《こうほう》の人の中には立ち上がる人もいた。奈保子は一番前だったので、ぬいぐるみのすべての動きが見えた。といっても、立って歩いていただけなのだが。

桜色の身体に、突き出た鼻と大きな耳が特徴的だ。右の耳がそっくり返っている。黒ビーズらしき点目で、ちらちら客席を見ながら移動していた。

ぬいぐるみはゆっくりとステージの真ん中に移動し、オーナーからマイクを受け取った。彼との対比で、もっと小ささが強調される。バレーボールくらいだろうか。

「こんばんは。先ほどご紹介にあずかりました山崎ぶたぶたです。今夜はよろしくお願いいたします」

ふざけたような点目から、そんなごく常識的な言葉が出てきた。いや、点目から出てきたわけじゃなくて……どこから？　鼻から？　声とともに突き出た鼻がもくもく動いていたけど。マイクもそこら辺に突きつけているし。しかも、その声は、中年男性にしか聞こえない。著《いちじる》しくイメージとかけ離れている！

「えー、まずわたしは赤坂さんの師匠ではございません。大きさでも一目瞭然《いちもくりょうぜん》だと思いますが――」

ここでちょっと笑い声があがった。何⁉　もう受け入れている人がいるの⁉

奈保子はショックで自分の口が開いたままだったのをようやく閉めたところだ。ちょっと手も震えている。

「わたしは、K町というところで〝コライユ〟という小さなワインバーを経営《けいえい》しております。赤坂さんは以前うちによくいらしていて――」

「ていうか、バイトしてたんですよ」

赤坂が口をはさむと、また笑いが起こる。

「経営者がぬいぐるみだなんて、飲んでもいないのに自分が酔ってるって、初対面の時は思いました」

爆笑《ばくしょう》。

「赤坂さんは非常に優秀なスタッフで――」

「ぶたぶたさん、結婚式でもないのにお世辞《せじ》はやめてください」

「いや、嘘じゃないですよ！　それはみなさんもおわかりでしょう？」

客席は沈黙。赤坂は、

「そこはお願いだから肯定《こうてい》してください！」

と叫ぶ。再び笑いが。

そんな調子で、まるで漫才《まんざい》のように二人の会話は進む。客席は大いに沸《わ》いたが、奈保子はまだ立ち直れていなかった。

「ぶたぶたさんのお店は、ワインが素晴らしいのは言うまでもないんですが、料理もとてもおいしいんです」

「おつまみ的なものばかりですけど」

謙遜《けんそん》するように濃いピンク色の布を張った手（ひづめ？）をふりふりする。

「それもぶたぶたさん自身が作っていたり、レシピを開発したりしてるんです。多彩な方なんですよ〜」

「作ってるんですか⁉」

奈保子の隣のテーブルの男性が驚きの声を上げる。

「そうです」

「たまに自分が焦《こ》げそうになりながらね」

ぬいぐるみの付け足しに客席はまた爆笑する。

「今日お出しするのはコライユで実際に出されているお料理です。ぜひワインとの相《あい》性《しょう》をお楽しみください」

今日のワインと料理が運ばれてくる。ワインの種類や産地や味わい、それと料理との相性が細かく説明される。

ぬいぐるみの話はとてもわかりやすかった。しかも面白い。肉料理、魚料理、そして野菜を中心にした和食など、どれもびっくりするほどおいしく、ワインが引き立つ。レシピももちろん配られたが、とても簡単なのだ。

友人はすっかり上機嫌《じょうきげん》になって、ぶたぶたに質問までしていた。奈保子は、次第に自分が沈んでいくのを自覚していた。

いつもは講師の人にご挨拶をして帰るのだが、その日は何も言わず、友人にも断って先に帰ってしまった。

家では、夫がビールを飲みながらＤＶＤを見ていた。用意してあった夕食の皿はきれいに洗ってある。

「おかえり〜」

テレビを見つめて、夫は楽しそうに笑っている。

「どうだった、今日の講座は？」

「うん……面白かったよ」

「そりゃーよかった」

彼は画面から目を離さず言う。

「お風呂沸いてるから、入んなよ」

「うん、ありがとう……」

いつもと同じの会話。本当に変わらない。けれど奈保子は、沈んでいる自分に気づいてくれない夫に、少しだけ寂しさを感じる。

でも、それもこれも、自分の勝手な思いでしかないんだ、と考えると、なぜかたまらない気持ちになった。


奈保子があのソムリエ講座へ行くきっかけになったのは、今年の正月、高校の同窓会《どうそうかい》に出たからだ。

久しぶりの同窓会だった。避《さ》けていたわけではなく、なんとなく都合が合わず、三年ぶりに出たのだ。そこで卒業以来、三十三年間会ったことのなかった友人・優枝《まさえ》と再会したのだった。

優枝とは部活が一緒で、それなりに仲もよく、卒業後しばらくは年賀状のやりとりもしていた。しかし、喪中《もちゅう》が続いたり、彼女の引っ越し先がわからなくなってしまったこともあって、途切れてしまった。

それっきり、彼女がどうしているのか、ということもあまり気にせず時間がたった。共通の友人がほとんどいなかったのだ。

そんな優枝に同窓会で再会した。二年前、久しぶりに顔を出したらしい。その時会えるかと楽しみにしていたと言っていたが、すれ違いになっていたようだ。

彼女は、同級生の中で異質《いしつ》な光を放っていた。歳を重ねた時間はすっかり同じなはずなのに。

高校生の時は、あまり成績もよくなく、とにかく目立たない生徒だった。同じ美術部で、描くことへの集中力は抜群《ばつぐん》だったが、出来がよかったわけではない。というか、先生受けがあまりよくなく、マンガやイラストのようだ、と言われていた。奈保子たちの高校はかなり保守的《ほしゅてき》な進学校で、当時イラストやマンガの部活がなかったのだ。

確かに技術は稚拙《ちせつ》だったし（それは奈保子も同じだ）、抽象画《ちゅうしょうが》というか、想像にまかせた絵ばかり描いて「ちゃんとした絵を描かない」と叱られてばかりだったが、奈保子は彼女の色使いが好きだった。とても真似できない、と思ったものだ。

三十年以上たって初めて知ったが、優枝はマンガ家になっていた。ペンネームで描いているので全然知らなかった。いや、同窓生の中にはちゃんと知っている人もいて、サインをもらったりしていた。彼女の周りには、人だかりが絶えない。

「若い子にもすごく人気なんだよ」

そんな声を聞いて思い出す。娘が大学生の頃、彼女のマンガに夢中だったことを。

中学高校まではまだ子供だし、マンガを読むのは仕方ないかなと考えていたが、娘は大学生になっても読むのをやめない。大人はマンガを読むものではないと思っていた奈保子は、

「もう大学生なんだから、マンガなんて読むのはやめなさい」

と言った。すると娘は、

「そんな古臭《ふるくさ》いこと言うなんて、信じられない！」

と思ったよりも反発した。奈保子の若い頃は、親にそんなふうに言われたら素直に従

ったものなのに。マンガや絵本やおもちゃ、キャラクターグッズなどを、「もう大人なんだから」と言われてなんとなく恥ずかしくなって、捨ててしまったのだ。そしたら、あまり読むものがなくなってしまった。親が何か小説でもすすめてくるかと思ったが、特にそういうこともなく、何かを読むという習慣がいつの間にかなくなっただけだった。

「そんなこと言われて捨てちゃうなんて、お母さんにとってそれは『大切なもの』じゃなかったんだね」

とも言われた。その時は、特になんとも感じなかったが、今考えると、若い頃からの「大切なもの」というのはないかもしれない、と思った。

いや、もちろん家族は大切だ。これは断言できる。でも、「自分だけの大切なもの」と言われると——物欲《ぶつよく》もない人間というか、執着心《しゆうちやくしん》がない人間だったから、なくしものをしても「まあ、いいや」で終わってしまう。今まではそれがある種の美徳《びとく》だと思ってきたのだが。

娘は今は家を出て会社近くで一人暮らしをしているが、彼女の部屋にはあの時のケンカの種になったマンガはもうない。同窓会から帰って娘の部屋の本棚を見て、初めて気づいた。一瞬、言ったとおりにマンガを卒業したのかと思ったが、他の作品は置いてあるから、お気に入りだけを持っていったのかもしれない。アパートの部屋は狭くて収《しゅう》納《のう》が限られているから。

次の日、近所の書店へ行くと、優枝のマンガが棚にたくさん並んでいた。娘が持っていった作品の一巻を試しに買ってみる。

家に帰って読み始めると、面白くてあっという間に読み終えてしまった。先が気になり、また書店へ行って、最終巻まで買い揃えてしまう。

びっくりした。こんな面白いものってあるんだ。それを、優枝が描いた。

すごいな。あのいつも伏《ふ》し目《め》がちに絵を描いていた地味な女の子が、こんなにも心に響くものを描くなんて。

同じだけ生きているのに。

「マンガなんて読んでいると大人になれない」と自分でも思ってきたし、娘にも言った。だが、それを描いている彼女の雰囲気は、「大人の女」そのものだった。健康に気遣って身体を鍛《きた》え、シックなドレスを着こなし、会話の話題もものすごく豊富で、好奇心も旺《おう》盛《せい》。違う世界の人だった。だが、昔どおりの女の子でもあった。二人共通の思い出を、とても楽しそうになつかしそうに話していた。

少女のままでも大人になれるんだ、と目からウロコが落ちた気持ちだった。

奈保子は、初めて自分の生き方に疑問を持った。

彼女と同じ時間を生きて、あたしは何をしてきたんだろう。自分が思い描いていた「大人」とはなんだったんだろう。

実は奈保子は、一度も働いたことがない。短大《たんだい》に通っている間に、親の知り合いから紹介された夫と卒業後に結婚してしまった。そのまま専業主婦としてずっと今まで過ごしてきたのだ。

奈保子の年代では、少なくはなっていたが、まだお見合い結婚も多かった。それとほとんど変わらない状況だろう。母親に小さい頃から、

「女の子は男の人に養ってもらってなんぼなんだから」

と言われ続けてきたから、まったく疑問に思わなかった。しかも、生活にはまったく波風が立たず、本当に疑問が入る余地がなかったのだ。

会社勤めはおろか、バイトやパートもしたことがなかった。別に実家が裕福《ゆうふく》だったわけではない。その当時の平均的な家庭だったはずだ（今と比べると違うのだろうが）。あまり活発ではなかったので、子供の頃からこづかいの範囲でたいてい賄《まかな》えていた。

友だちも派手に金を使う子はおらず、趣味も絵画や手芸などで、家でのんびりできるものばかりだった。

そんな感じで結婚をして、真面目な夫が稼《かせ》ぐ給料を上手にやりくりして貯金を増やし、家の頭金《あたまきん》を貯めた。子供も息子と娘に恵まれて、忙しい毎日には本当になんの疑いも持っていなかった。

それが幸せということなんだろう。苦労している友だちに言われたことがある。

「あんたがうらやましいよ」

そう言われても戸惑うばかりだった。だって、これからどうなるかわからないし。

それは、いつも考えている。今まで平穏だったからって、これからもそうだと思い込むほどおめでたい人間ではないつもりだ。

でももし、その「どうなるかわからない」ことが目の前に現れたら――あたしはちゃんとそれに対処できるんだろうか。実感のないことにうろたえて、何もできないかもしれない。家族の足を引っ張ってしまうかもしれない。

厄介者《やっかいもの》になってしまうかもしれない。

そういう具体的なことを、今まで考えたことがなかった。その時になれば「できる」

と思っていたふしもある。それに気づいて、愕然《がくぜん》となる。そんなぼんやりとしたことしか考えていなかった人間は、「大人」と言えるんだろうか。

それから最初に考えたのが、「働こう」ということだった。

夫に相談してみた。

「なんで急に働こうなんて思ったの？」

そんなに驚かなくても、というような顔をする。

すべてを説明するのは恥ずかしかった。「そんなことで」と言われるのが怖かった。真剣なつもりなのに、「ふざけたことを」と言われるのではないか、と思ってしまって。

でも、実際にふざけているのかもしれない。だってどうやって仕事を探したらいいのかもわからないんだから。

「一度も働いたことがないから――」

迷ったあげく出てきた理由だった。それも大きな理由の一つではある。家で主婦として働くことだって立派な仕事、と信じていたから、それが一番の理由ではないけれども。

「うーん、一度も働いたことがないのに、その歳でいきなり働くっていうのもな……」

夫は困ったような顔をした。

「どこかにつてはないかしら？」

「いやあ、最近は不景気だから、ってで人を探すにしても経験者優先になっちゃうからな」

「初心者でもできる仕事って何？」

「バイトから始めるってことなら、いろいろあると思うよ。短期のもあるから、そういうのから始めてみたら？」

「どこで探せばいいの？」

「新聞にはさまってる求人のチラシとか、スーパーなんかだと掲示板《けいじばん》に貼ってあるけど——近場はそうやって探せばいいんじゃない？　もっと幅広《はばひろ》く探すんだったら、ネットとか」

ネット……インターネットのことか。そういうのにはまったく疎《うと》いのだ。

奈保子の顔が曇《くも》ったのを見て、夫はあわてたようにつけ加えた。

「いきなり働くんじゃなくて、資格《しかく》を取ってからにするとか」

「資格？」

「そう。たとえば、パソコン教室に行くとか。パソコンできると、求人の幅も広がるよ」

今までまったく触ったこともないし、興味もないことだけれど、やはりやらなくてはならないだろうか。でも、壊してしまいそうで怖い。

「あるいは、自分の趣味や能力を生かした仕事や資格をまず探してみるとか」

「たとえば何？」

「お母さんは料理が上手だし、家事が得意だから、家政婦《かせいふ》さんとか」

それじゃいつもやっていることと変わりがないではないか。という不満が顔に出たのか、

「……最近凝《こ》っていることって何？」

続けて訊かれて、考える。

「ワイン、かな？」

数年前にできたイタリアンレストランに最近よく行くようになった。そこのワインがおいしくて、酒屋さんや輸入食材店などでおいしいワインを探すのが好きになったのだ。

「ワインかー……あ、あのいつも行ってるお店、ソムリエ講座ってやってるよね？」

「ほんと?」

気づかなかった。

「ソムリエもちゃんと資格があるみたいだし、そういうのを目指すのもいいんじゃないかな」

そう夫に言われて、ルビーノの講座に通い始めたのだ。初歩的な講座だと言われていたし、でも勉強し始めだからこのくらいでいいだろう、と思って。

だが、今日あのぬいぐるみの講座を聞いて、奈保子はとてもショックを受けた。なぜ今まではショックを受けなかったんだろう。他の講師も、みんなあんなふうに含蓄《がんちく》があり、多様な内容を話してくれた。

それは、彼らが人間だったからだ。みんな自分よりも優《すぐ》れている人だから、ああいうふうに立派な話もできて、仕事もたくさんできるのだろう、と納得していた。

でも、今日の講師はぬいぐるみだった。

ぬいぐるみが働いているのに、あたしはいったい何をしているんだろう、と思ったのだ。自分はぬいぐるみ以下なのか。ぬいぐるみよりも働けない、役立たずなのか。

人間なのに——。

奈保子は風呂にも入らず、ベッドにしばらく横になっていた。何もやる気が起こらない。

「どうした？　具合でも悪いの？」

寝室に入ってきた夫が驚いたような声を出した。

「ううん……なんでもない。ちょっと横になったら寝ちゃったみたい」

とごまかすが、とても眠れそうになかった。

実際、その夜は朝まで眠れなかった。明け方にうとうとしただけだ。そんなことも初めてだった。

次のソムリエ講座は、お休みした。

結局、資格を本気で取るのならば、ああいう趣味の範囲での講座では無理だと悟《さと》ったのだ。とても楽しかったのだが。

夫にすすめられたのだって、結局ごまかされたようなものだったのかもしれない。ソムリエになろうと本気で考えているなら、あの講座ではダメだとすぐにわかるはず。なのに、まったく気づかず、お友だちを作って楽しく通っていた。夫も奈保子の「働きたい」なんて気持ちを信じていなかったのだ。

そして自分自身もそうだった。あたしは、本当に「働こう」なんて思っていない。レストランオーナーの赤坂みたいに、かっこよくワインをすすめる自分の姿を夢想《むそう》していただけ。

なんであたしの母は、「養ってもらってなんぼ」なんてことを言い聞かせたんだろう。母親は働いていたのに。

……働いていたからか。定年で会社を辞めた時、とてもせいせいした顔をしていた。娘には楽をさせたかったのかもしれない。本当は家にいて帰ってくる子供たちを迎えたかったのかもしれない。だから、誠実で真面目で稼ぎのいい男性を探して、奈保子と結婚させたのだ、きっと。

単純に鵜呑《うの》みにしてしまったあたしのせいか。

だけど、これからどうしたらいいのかもわからなかった。バイトから始めた方がいいんだろうか。

でも……でも、そういうのって……誰にでもできることだ。あたしじゃなくてもいい。あのぬいぐるみだって、あんな特別なことができるのに。

そう考えると、たちまち気力が萎《な》えるのを感じる。

あたしはいったい、何をしたらいいんだろう。

数日ふさぎこんでいると、なんと優枝から電話が来た。

「美術部の同窓会しようって話が来たんだよ」

クラスの同窓会に出たことで巡り巡って先輩から連絡が来たらしい。

「出られそうかな？」

「うん、行きたい」

部活か……絵もずいぶん描いてない。向いてない、と早々にやめたのだ。あの頃の趣味といえば、手芸もたくさんやっていた。小物を優枝にもあげたな。子供が小さい頃は役に立ったが、今はミシンもしまいこんでいる。

「都合のいい場所とか日にちとかある？」

「ううん、特にない。決まったら教えて。都内ならどこでも行けるよ」

ソムリエ講座にも行っていないので、女子会のお誘いも減った。ヒマなのだ。

それからしばらくして、優枝から再び電話が来た。

「決まったよ!」

都心の和食屋さんの個室で、先輩三人と会うことになった。名前を聞いて、

「なつかしい〜!」

と思わず叫んでしまう。

楽しかったな、あの頃は。いや、今だって充分幸せだけれど、高校生の頃は先のことなんか考える必要がなかったし、勉強や学校生活がしんどくても、あとにひきずるということがなかった。一晩寝たり、おいしいものを食べたり、友だちと笑いあったりすれば治ってしまった。

今は、そんな回復力はない。まだぬいぐるみのことから立ち直れていなかった。

それでも、なつかしい先輩と会えるのは楽しみだった。

実際に会ってみると、一気に高校生の頃に戻ってしまい、昔と同じように騒がしいほどおしゃべりしてしまった。優枝が選んだという店の料理もおいしく、値段もリーズナブルだった。

先輩たちは皆結婚して、奈保子のように子供たちが家を出ていたり、まだ子育て中だ

ったりした。独身で子供がいないのは優枝だけだが、離婚しているとのこと。

「そうかあ。あたしも考えなくもないけど、離婚って本当にしようと思うと大変だよね」

と言う先輩の言葉に大騒ぎとなる。他の先輩も子供が病気だったり、息子の妻とうまくいってなかったり――とそれなりにみんな悩みを抱えていた。

あたしは、本当にのほほんと生活しているな、と思う一方で、これからどうなっていくのか、という不安をまた抱いた。今まであまりにも楽だったから、これからその反動があるんじゃないか、と思ってしまうのだ。

その時、せめてみんなに嫌われないような態度を取ればいいんだけど……ただ泣いて、何もできなかったらどうしよう――と最近そんなことばかりくり返し考えてしまう。

場を壊さないように笑って楽しく過ごしていたが（いや、本当に楽しかったのだけれど）、内心では次第に焦りが募《つの》っていた。

何かに対処できるだけの経験も、自分にはない。

自信なども、今まで持つ必要がなかったんだな、と思う。先輩たちも今はみんな働いている。フルタイムであれパートであれ。

「いやー、働かないですむなら、それでいいんだよー」

と笑って言うし、それも本音なのだろうが、何事にもすべてメリット・デメリットがある。自分の力で得たメリットの方が、のちのちの人生の支えになるんじゃないだろうか。自分自身の力として。

奈保子は、それは人まかせの自分にはない力だ、と痛感《つうかん》した。

一次会のあとは、五人でお茶を飲み、あっさり解散した。「また会おうね」と約束して。

帰りの電車は、優枝と一緒になった。

「各停《かくてい》に乗って、座って帰ろうよ」

彼女に言われるまま、ぎゅうぎゅうの急行ではなく、各停の車両に二人で座る。

今日の店の話などをしていると、ふと優枝が言う。

「なんか奈保子、ちょっと今日元気なかった？」

その言葉に驚く。昔からそうだった。優枝はとても敏感《びんかん》に人の気持ちを察《さっ》する子だったのだ。

「そんなことないよ」

しかし奈保子は、笑って否定する。認めたところで、その気持ちを説明するのは難しすぎる。半分優枝への羨《うらや》みがないとは言えないし。

あたしごときの悩みは、悩みとは言えないかも、とも思うのだ。

「そうかなあ」

優枝は信じていないようだ。

その時、電車のスピーカーから、

「次は、K町、K町です――」

とアナウンスが聞こえた。

K町って、あのぬいぐるみがやってるワインバーのある街だ。駅前のビルに入ってるって言ってた……。

「優枝、時間ある？」

気がつくと、奈保子はそう言っていた。

「え？　あるよ？」

「次の駅でちょっと降りない？　行ってみたい店があるの」

「いいよ。どんな店？」

「ワインバーなんだけど」

「あ、ワイン好きだよ。いいね」

優枝が同意したと同時に電車が駅に着く。

店の場所がわからなかったらどうしよう、と思ったが、改札と出入り口は一つしかなく、駅前の低層《ていそう》ビルにあっけなく看板を見つける。

小さな静かな街だった。駅も、その住宅街の中にぽっかりできたようなところだった。

「営業中」という札を確認して、中へ入る。

「あら、なんかすてき——」

優枝がつぶやく。実際、かなり雰囲気のいい店だった。黒を基調《きちょう》とした内装だが、店名〝コライユ〟のとおり、珊瑚《さんご》色のアクセントがかわいらしい。外の静かさとはうってかわって、店の中はにぎわっていた。

「いらっしゃいませ」

若いイケメンの店員が、すばやくやってくる。

「二人なんですけど——」

「テーブルは満席なんですが、カウンターならすぐご用意できます」

「いいよね、カウンターでも」

「うん」

「では、どうぞこちらへ」

案内されたカウンターに落ち着くと、メニューが出てくる。ワインバーだけあって、品揃えは圧巻《あっかん》だ。

ワイン名の脇には、すごく丁寧な解説がついていた。これでもいくらかソムリエ講座に通った人間なので、それがわかりやすく、しかも選びやすいというのはよくわかった。

これは、やはりあのぬいぐるみが書いたものなんだろうか。

ワインとともにそれに合う料理なども書いてあった。食材との相性やプチコース仕立てのメニューの例など、イラストも多く、見ているだけで楽しい。

「この店のメニュー、面白い！」

優枝も喜んでいる。

奈保子は店を見回した。ここは店名も同じだし、あのぬいぐるみの店だと思うのだが
——いない。あのぶたぶたというぬいぐるみが、見当たらない。

そりゃオーナーということだし、店に出ないことだってもちろんあるだろう。比較的出ている人だって、定期的に休まなければ身体は保《も》たない。

「見て、すごい、あの写真も面白い！」

優枝がカウンターの奥に飾ってある写真と認定証を見て笑っている。

ソムリエの認定証の隣にオーナーの写真が貼ってあるのだが、それはもちろんあのぬいぐるみ——山崎ぶたぶただった。点目のぬいぐるみのバストショット写真。タキシードを着ていて、胸元には勲章《くんしょう》のようなブローチをつけている。大きすぎてなんだかかわいい。

そして、もちろんワイングラスを持って、カメラ目線で写真に収まっている。ワイングラスも巨大だ……。写真のほぼ半分はグラスが占めている。いや、あれが普通の大きさなのか。

「すごくかわいいねー。なんだろう、マスコットなのかな？」

違うのだが、本人（人じゃないけど）がここにいないと言いづらい。

するとそこへウェイターの人がやってきて、

「ワインはどうなさいますか？　当店のソムリエのおまかせをおすすめしております

が」

　ソムリエ！　これを頼めば、ぶたぶたが出てくるのだろうか？

「え、ソムリエって、あの写真の？」

　冗談だろうという口調で、優枝がたずねる。

「はい」

　ウェイターの返事は簡潔だった。「それが何か？」という感じだ。

「え？」

　優枝がちょっと怯《ひる》む。

「あ、えーと、ソムリエに頼みたいんですけど……」

　奈保子がそう言うと、

「かしこまりました、今ご用意いたします」

　サッとウェイターは踵《きびす》を返し、奥へ入っていった。

「えー、ほんとにぬいぐるみなの？　そんなはずないよね？　あ、でも奈保子は知ってるんだよね？」

　そうだった。自分が連れてきたのだった。

なんであの時、駅に降りてしまったのか。各停に乗らなければ、通り過ぎていた駅だ。自分が選択したことではない。優枝のひとことがなかったら、急行に乗っていた。

ただなんとなく、優枝にあのぬいぐるみを見せたら、どんな顔をするだろう、と思っただけ――かもしれない。

自分の気持ちがつかめないから、どうしてここへ来たのか、うまく説明する自信がなかった。

「知ってるっていうか――お店に来たのは初めてなの。うちの近くのレストランで、ソムリエ講座っていうイベントがあって、そこの講師で来てて……」

「あ、そうなんだ。面白かったの、その講座は?」

「うん」

そうなのだ。あとから考えれば、今までのゲストの中で一番面白かった。いや、他の講師の人ももちろん楽しかったのだが――はっきり言ってぶたぶたは、見た目もあって、退屈なところが一つもなかったのだ。

「へー、じゃあ、あの写真はジョークなのかな?」

と優枝が言ったとたん、

「お待たせしました」

と声がかかり、カウンター内の作業台に、ぶたぶたが現れた。タキシード姿で、あの写真のままだった。

「ソムリエの山崎ぶたぶたです。本日のおすすめのワインをご紹介いたします」

思わず優枝の顔を見る。あっけに取られている。口をポカンを開けている様は、多分講座の時の奈保子と同じだろう。

「あ、以前お会いしたことありませんか？」

奈保子を見て、そんなことを言う。え、憶えていてくれたんだ。

「は、はい、赤坂さんのレストランで――」

「あー、一番前に座ってらした方ですね。いらしていただいて、ありがとうございます！」

え、なんかうれしい……。

「あの時の講座は、いかがでしたか？」

「あ、あのー、すごく面白かったです。料理がおいしくて――」

そういえば、テイスティングはしなかったな、と思い出す。他のソムリエの人も、したりしなかったりだけれど——今から考えると、見たかった、と思う。

でもあの時の奈保子は、ショックを受けていたから——やったとしてもちゃんと憶えていただろうか。いや、もしかしたら見もしなかったかもしれない。

あの時と、ずいぶん違う反応を自分が示しているのを感じて、奈保子はまた戸惑った。

「今夜はどんなご気分ですか？　軽く飲みたいですか？　それともがっつりとワインを味わう方向ですか？」

「どうする？」

優枝にたずねる。奈保子としてはもう和食屋さんで飲んでいるから、ここは軽めに、と思っているのだが。

「あっ、えっ!?　ああ、軽めで！」

優枝が今起きたみたいな顔をして、こっちを見る。

「おつまみも軽めでよろしいですか？　お腹は空いてらっしゃいます？」

「いえ、そんなには」

ね、と優枝をうながすと、うんうんとうなずく。視線はずっとぶたぶたに釘付けだ。

「じゃあ、もう夜も遅いですし、お野菜のメニューなどいかがでしょうか？」

メニューの中の「野菜」のところを指さす。指じゃなくて、ひづめみたいに濃いピンク色の布が張られた手の先っちょでだが。

「カクテルサラダって何ですか？」

やっと優枝が普通に話に入ってきた。

「それはいろいろな野菜やハムなどをダイス型に切りまして、ドレッシングのジュレで和《あ》えたものです。カクテルグラスでお出しします」

「え、おいしそう。さっぱりしてそうだし。それとチーズの盛り合わせ頼もうよ」

「いいよ」

いい感じの組み合わせだ。

「では、メニューに合わせたワインをご用意いたしますね。苦手なお色はございますか？　お好みの飲み口などは？」

「おまかせします」

ここはぜひお手並みを拝見したい。

しばらくして、ぶたぶたが戻ってきた。白ワインを抱えて、階段のようにカウンターに昇ってくる。なんとちゃんと小さなステップが用意されているのだ。ただでさえ抱えているので危なっかしいのに、このカウンターにどう昇るんだろうと心配だったのだ。

キリリと冷えたワインを、グラスに注ぐ。彼の半分くらいはありそうなグラスにどう注ぐのか。あの時は、赤坂が注いでいたし。

ぶたぶたは手慣れた様子で両手で瓶を持ち、上に掲げた。そのまま瓶を傾けて、注ぐ。とても慎重に。でも、空気に触れさすことも忘れずに。その様子はソムリエというより、工事現場で大きな柱を持ち上げている大工の棟梁《とうりょう》のようにも見えた。

ぱっとしずくを切り、腰にはさんでいたふきんで口を拭くところまでが流れるようだった。

「どちらがテイスティングなさいますか?」

「あっ、あっ、すみません。テイスティングはもちろん奈保子、ってこの人ですけど——」

優枝があわててこっちを手で示したが、

「あの、奈保子、わがまま言ってもいい?」

と突然こっちに向き直った。

「いいよ」

なんとなく言おうとしていることがわかった。叶えてもらえるだろうか……。

「ありがとう」

優枝は、再びぶたぶたの方へ向く。

「レストランではテイスティングするのってソムリエさんじゃなくお客さんだって聞きましたけど、あたし、どうしてもあなたがテイスティングしてるとこ見たいんです！」

「あ、いいですよ」

あれ、割とあっさり。

「すみません、わがままで……」

「いえいえ、初めてのお客さんは、やはりご覧になりたいようで――」

そういう要求は決して珍しくないのだろうか。

「では、失礼いたします」

注いだワイングラスの胴体《どうたい》の部分を、これまた両手でがしっとつかむ。

「僕はここを持ってもグラスがあんまりあったまりませんので」

と断る。そういえばそんなようなことはあの講座の時も言っていた。呆然としていた割には、けっこう憶えている。

ワイングラスをのぞきこむような体勢でグラスをつかんだぶたぶたは、そのままワインをぐるぐると揺らし始めた。身体全体を使って。グラスがなかったら、手を前に突き出して腰を回しているようにしか見えない。ちょっと危なっかしくもある。グラスがけっこう動くので、つるっと滑らないか不安だ。

しかし、布の手のくせにそういうことはない。まるで手にグラスを貼りつけたみたいだった。

次はもちろん香りを楽しむ。突き出た鼻を、ぐいっとグラスの中へ入れた。くんくん動いているのが見える。

そしてまた腰を使ってグラスを回す。

で、問題は次だ。口に含んで味を見る。

どうやって⁉　と奈保子はドキドキしていた。優枝の顔を盗み見ると、彼女もワクワクしている。

やはり足ではなく、両手で抱えるようにしてグラスを持ち、のけぞるようにして鼻の下あたりに押しつけ、ゆっくり注ぎ込む——かと思いきや、チャッという感じで布が濡《ぬ》れたか濡れないうちにグラスから顔を離してしまう。

え、飲んでる⁉　いや、確かにいっぱい飲む必要はないんだけど……。

そして姿勢を整えると、おもむろに、

「甘みと酸味のバランスが良い、さっぱりしたお味です。乳製品《にゅうせいひん》といただくととても際立つでしょう。野菜やあっさりめな肉料理にもおすすめです」

あ、言うことは割と普通な……でも、わかりやすい。すごく個性的な言い方で、わけがわからない人も中にはいるけど、この人はそういうんじゃないのね。

「おおー」

優枝がパチパチと小さな拍手をする。奈保子もつられる。

「すごく面白かったです！」

「わたしがやると、どうしてもパフォーマンス的になってしまいますが」

「いいえー、合理的だと思います」

優枝はもう、このぬいぐるみのことを受け入れている。びっくりしていたけど、すぐに立ち直って、面白がる余裕がある。

さすがだな。

カクテルサラダは、小さく切った野菜がグラスに美しく盛られていた。ドレッシングのジュレと混ぜて食べると、いろんな味が楽しめる。野菜はセロリ、きゅうり、にんじん、玉ねぎ、大根、パプリカなどが入っていて、本わさびのみじん切りがぴりりとしたアクセントになっている。スプーンでパクパク食べてしまう。

チーズもおいしく、ワインが進む。他の料理も食べたくなってしまう。さっきからテーブル席の人が食べているラザニアが気になってしょうがないのだ。いけない、こんな時間にあんなもの危険すぎる。

「やー、さっきはびっくりしたよー」

料理とワインをしばらく楽しんだのち、優枝がしみじみと言った。

「すごい店、知ってるね、奈保子。もちろん、料理もおいしいけど」

「来てみたらすごかったってだけだよ」

かなりクオリティが高い。赤坂の店もかなりのものなのだが、彼が惚《ほ》れ込んだだけある店だ。いや、元々ここでバイトしてたんだっけ？　え、この店って、そんな昔からあるの？

もっと有名になってもいいのに……でも、今でさえこんなに混んでるんだから、あまり有名にはなりたくないのかもしれない。

「昔っからそうだよね、奈保子って」

優枝はワインをくるくると回しながら、言う。

「え、何？」

「高校の時から、奈保子、『いい店見つけた！』って言って、あたしをいろんなところに連れてってくれた」

「え、あー……部活の帰りにいろんなところに寄ったよね」

新しい店やすてきな店を探すのが（今でも）好きで、でも、一人で入る勇気が（今でも）ない。だから高校生の時は、いつも優枝を誘っていたのだ。

そうか。だから今日もとっさに誘ってしまったのかもしれない。一人では、きっと駅に降りなかっただろう。

「初めての店のはずなのに、食べ物屋さんはいつも当たりだったし、雑貨《ざっか》屋さんや服屋さんとかもかわいいものがいっぱいで、買えなくても見てて楽しかったよ」

「そう？　でもよく考えると、あたしにも行って楽しかったっていう記憶しかないから、それなりに当たりのとこだったのかもね」

若い頃というより、子供の勘《かん》というやつだろうか。あの頃の二人の好みはよく似ていたのかもしれない。

「一番うれしかったのは、

『ここから見る夕焼けが最高の色してるんだよ!』

って第一小の裏山に登った時だよ」

「えーっ、裏山!?」

と口に出したら記憶がぐわーっと甦《よみがえ》った。高校からの友だちなので、小学校は違う。奈保子の通った第一小学校は優枝の家からかなり離れているのに、むりやり、しかも急《せ》かして連れていって、夕焼けを見せた記憶が。

しかもそれ、確か自分の経験からそう言ったのではなくて、裏山で写生《しゃせい》大会をやった時、図工《ずこう》の先生が、

「本当は夕暮れが最高なんだけどな」

とつぶやいたのを突然思い出して誘ったってだけなのだ。

裏山で首尾《しゅび》よく夕焼けを見られたのはいいけれど、あたりが真っ暗になってしまって、二人で泣きながら山を降りた、という記憶の方が鮮烈《せんれつ》だった。

「あれは、ほんとに最高だった。今でも、仕事で夕焼けを描く時は、あの時の光と色を思い出すんだよ。白黒で描いてても、読んでる人があの色を見られるようにって」

そう言われて、奈保子は感動してしまった。こちらのただの思いつきをそんな素晴らしい思い出として大切にしてくれているなんて。

「コライユって、珊瑚色だよね？　フランス語で」

「うん」

「あの夕焼けの色に似てる。夕焼けっぽくないけど、なんかそういうかわいい色だったんだよ。夕焼けに『かわいい』っていうのも変なんだけど、物悲しさのない色だったの。だから、ずっと憶えてたの」

優枝は、カウンターについた珊瑚色の縁取《ふちど》りを撫《な》でながら言う。そしてワインを一口飲んで、

「あー、ロゼにしてもらえばよかったかなー？」

と笑った。

「ごめんなさい……」

思わず奈保子は謝ってしまった。そんな彼女に対して、自分のしたこととときたら……。

「なんで謝るの?」

口に出したら、感動よりも罪悪感の方が大きくなっていく。言わない方が大人なんだろう。そんな謝罪は、自己満足なんだ。でも、奈保子は言わずにいられなかった。

「あたし、優枝の本、娘が読んでる時、

『もう大学生だから、やめなさい』

って言っちゃったの……」

「え、それに『ごめんなさい』？」

「うん……」

「えーっ、そんなの普通のお母さんでしょ？　あたしらの世代なら、そういうこと言うのは珍しくないし」

あっさりと優枝は言う。

「それよりさっき、和食屋さんで本読んでくれたって言ったじゃない。面白かったっていうのは嘘？」

「ううん、そんなことない。面白かったよ、すごく！」

「それなら全然ＯＫだよ。読んでくれなかった人に読んでもらえるのが、一番うれしいことなんだから」

そう言われて、ほっとする。

「かえって『やった！』って思うよね」

「そうなんだ……」

「奈保子は、気にしいさんだからなー」

ケラケラと優枝は笑う。地味で目立たない子、というのは表向きで、友だちにはこうしてよく笑って、面白いことばかり探している女の子だった。

もしかして、ずっと彼女とつきあっていたら、奈保子の人生も変わっていたかもしれない。

「あー、奈保子とずっとつきあってたら、もっと面白いものや場所を教えてもらえたかもなー」

優枝に同じようなことを言われて、ぎょっとする。自分にあって優枝にないものなんて、ないと思ったのに。もしかして、少し——少しなら、あるのかも。

その気持ちは奈保子にとって、とても大切なもののように思えた。

「また一緒に遊びに行こうよ」

「うん」

二人は、ワイングラスをカチンと合わせた。

僕の友だち

大学生になったら行ってみたいと思っていたのは、新宿《しんじゅく》ゴールデン街《がい》だ。いや、大学生というか、東京に住んだら、と言うべきか。ゴールデン街の常連になる、というのは、重徳《しげのり》の一種のあこがれだった。

しかし、東京に行ってまず驚いたのは、その家賃の高さだ。大学生でバイトをするとしても、ほとんどは親の仕送りに頼る形だったし、スポンサーである親から家賃の上限を言い渡されていたから、ゴールデン街に歩いて行ける場所にアパートを借りることができなかった。せめて自転車で行ける距離、というのも考えたが、こちらとしても望みたい生活の質というものがあり、諸々《もろもろ》考えて新宿に出るのが楽な沿線《えんせん》沿いという形におさまった。

しかしいざ大学に通いはじめると、飲みに行くのは大学の近くかアパートの近所ばかりになってしまい、わざわざゴールデン街へ行くということもなく——幾度か人に連れていってもらったりはしたが、常連にはならないまま、大学を卒業して、就職して——

いつの間にか二十年以上が経過してしまった。

実は今でも新宿ゴールデン街はあこがれの街だ。酒が飲める年齢になって以降、様々な酒の失敗をしてきた結果、ようやく自分は「ほぼ下戸《げこ》」という自覚ができてから、ますますそのあこがれは募った。

最近はめっきり飲みに行く機会も減っている。勤めていた会社を辞めて、妻の親がやっていた電器店《でんきてん》を継いでからは、なかなか自由な時間も取れない。飲み会というか、商店会などの寄り合いには出るが、飲まないので割とすぐに帰る。飲まないから肩身が狭いということもない。

今考えると、会社では飲むことを強要《きょうよう》されていたな、と思ったり。営業職だったら地獄だったろう。妻も飲まないし、子供もまだ未成年なので、家で飲むことはない。

しかし、実は酒は嫌いではない。味は好きだ。おいしいと思う。一口味見させてもらうくらいで充分だが。酒場の雰囲気も好きだ。わいわいとにぎやかに笑いながら話すのは楽しい。

若い頃は、飲んでいけば強くなれると思っていたけれど、一向にきたえられず、ある時気づいた——というか、知った。人の中には、アルコール分解酵素《ぶんかいこうそ》というのを持たない者もいるということを。

コップやグラス半分のビールやワインで顔が赤くなり、ガンガン頭が痛み出し、吐き気も出て、あとは青い顔で座っているしかない、という人間には、そんな酵素はないということを。

吐き気が出るということは、結局自分の身体にとって酒は毒《どく》なんだな、というのもわかって、少し寂しい気持ちすらあった。けれど「好き」とは言え、それを摂らないと我慢できない、というほどの好物ではなかったので、下戸であることはすんなり受け入れることができた。その頃に会社を辞めたので、酒を強要されることもなくなった。

酒が飲めないことを「損している」と言う人もいるが、少なくとも重徳はそう思わない。酒の味が好きであってもそう思う。だって飲んだらもっと損した気分になる。ソフトドリンクでも充分楽しく過ごせるんだから、得していると言ってもいいんじゃないのか？

まあ、多少「損をしている」と思えるとしたら、行きたいと思ってもそこが酒場だと思うとちょっと躊躇してしまうところか。一人でフラッと行けない。酒の飲める人と行かなければならないだろうか、と考えてしまうし、実際そうしている。

ゴールデン街の酒場なんて、その最《さい》たるものだろう、と思うのだ。飲まないと肩身が狭い。お金も落とさないと思われそうな雰囲気。

あこがれていた場所だけれど、もしかしたら自分は行くことができないところなのかも、と最近思い始めた。

まあ、行けないからって別にそれが不幸なわけじゃない。酒が飲めないからって不幸でないのと同じように。

ただちょっと寂しいだけなのだ。

そんなゴールデン街に、大学の後輩の国見《くにみ》が店を出すことになった、と連絡してきた。

「えっ、お前会社辞めたの？」

「いや、辞めてませんよ。なんていうか、日替わりマスターっていうんですかね。まあ、バイトみたいなものです」

「へー」

「割とそういう店多いんですよ」

「なんでそんなことやることになったの？」

「その店、マスターが日替わりなんですけど、本のバーなんです」

「ほんのバー？」

「読書好きが集まるバーってことですかね？　店名も〝本棚《ほんだな》〟ってそのまんまです」

「文壇《ぶんだん》バーなら聞いたことあるけど」

本当に聞いたことがあるだけだが。もちろん行ったことはない。

「あー、そういうのあこがれますねー。今あんまりないみたいなんで」

「そういうんじゃないんだ」

「違います。俺、ミステリー小説のブログやってるじゃないですか」

「ああ、たまに読んでるよ」

自分が読んだ本の感想を読むのが好きなのだ。

「あれが縁《えん》で、そこのマスターやらないかって話が来て」

「……どうやったらそうなるの？」

なんか次元が違う話のように思える。

「そういうブロガーの店って企画なんですよ」

「そうなんだ。ずっとやるわけじゃないの？」

「そうです。期間限定で。とりあえず三ヶ月、評判がよければ続けるってことで。曜日ごとにジャンルが違うんで、マスターも違うってことなんです。ジャンルって言っても基本ミステリー系で、木曜日の俺は日本の古いミステリーを担当します」

「……なんというか、マニアックだね」

「マスターやるのはそういう人ばかりらしいんですけど、来てもらう分には気軽にってことなんで、外田《そとだ》さんも来てくださいよ」

「日本の古いのは、そんなにくわしくないけど」

「そんなこと言わないで～、ミステリー好きじゃないですか」

それで電話をしてきたわけか。

「第一俺、下戸なんだけど」

「えっ、そうでしたっけ？」

「最近会っても飲んでないだろ？」

「体調が悪いとかかと思ってた。昔は飲んでたじゃないですか」

「あとで具合悪くなるのがつらくて、もうやめたんだよ。そんなに飲めなかっただろ？」

「そうでしたっけ？」

人の酒の量なんて憶えてないか。

「そうなんですか〜。でも大丈夫ですよ、きっと。酔っぱらい嫌いじゃなきゃ来てください」

ミステリーの話ができる場所、というのにはちょっと惹《ひ》かれる。趣味の話なんて、最近していないなー。飲めないけど、知り合いの店というのなら、ちょっと顔出すくらいいいかもしれない。


しばらくして、国見から店オープンのメールが来た。

期間限定三ヵ月、と以前言っていたけれど、いろいろ変わったらしく、

「オープンしてすぐに閉店っていうのもありえるので、ぜひ来て！」

となんだか悲痛《ひつう》なのか自虐《じぎゃく》なのか、とにかく見た目必死なメールだった。

オープン当日はちょっと顔を出せなかったのだが、次の週には時間が取れた。さっそく行ってみる。

開店は夜の七時。早めがいいのか遅めがいいのか迷うところだが、とりあえず開店時

間に行ってみる。あんまり早く行くと、時間なのに開いていないというのも個人経営の飲み屋ではままあることだ。

店は開いていた。が、中には誰もいない。不用心だな、と思ってキョロキョロしていると、

「あ、いらっしゃいませ〜」

と男性の声がする。

しかし、やはり誰もいない。

「ここです、ここ」

声のする方へ無意識に顔が向く。そこには、ぶたのぬいぐるみが置いてあった。狭い、あまりにも狭いカウンターの中、というよりもほぼ番台《ばんだい》のような四角い場所の真ん中に、桜色のバレーボールくらいのぬいぐるみが置いてあった。黒ビーズの点目、突き出た鼻、大きな耳の右側はそっくり返っている。

「国見さん、今日は少し遅れるというので、僕が代わりをしています」

落ち着いた中年男性——どう聞いても自分と同年代くらいの声がして仰天《ぎょうてん》する。鼻の先がもくもく動いたと同時に声がしたけど⁉　誰が動かしてんの⁉

ここは演劇関係のバーだったろうか？　しかし壁には江戸川乱歩《えどがわらんぽ》や横溝正史《よこみぞせいし》など、日本の古典《こてん》ミステリーがずらりとディスプレイされている。

「え、国見――？」

そうだった、彼の名前が出たんだった。

「はい、なんか先輩がいらっしゃるそうなので、お相手してほしいとメールがありました」

お相手……ぬいぐるみに？　どういうことなの？　あいつ、何たくらんでるの？　これも企画の一つ？　え、でも先輩っていうのは……。

「俺のこと……？」

自分のことなのに、疑問形になってしまう。

「あ、そうですか！　ではどうぞどうぞ、お座りください」

座れと言われても……席は五つしかない。すぐ逃げられるよう、奥はちょっと避けたいけれど、こういう狭い店では順番に詰めて座るのもマナーであるし……。結局、常識が勝《まさ》り、重徳は奥に座った。他に客はいないし、飲まないで長居をするのも肩身が狭いので、頃合を見計らって早く帰ろう。あ、でも国見を待たなくては……。

「あ、わたし、山崎ぶたぶたという者ですが、お名前は？」

ぬいぐるみにたずねられて、再びびっくりする。

「外田と申します」

びっくりしすぎて、真っ当に答えてしまった。

「よろしくお願いします」

なんか名刺交換が始まりそうな雰囲気だ。声だけ聞けば、だが。

「何をお飲みになりますか？」

「あ、すみません、僕下戸なんです……」

これを言うのが、ちょっと申し訳ない。たとえぬいぐるみ相手であっても。ぬいぐるみも飲めるとは思えない。

「あ、大丈夫ですよ。飲まない方用の飲み物もちゃんと用意してあります」

用意というか、ウーロン茶とかジンジャーエールの瓶とか缶とか、そんな感じだろう、と思ったが、

「お茶もいろいろ——コーヒーもドリップで提供いたします」

「えっ、国見がそんなことまでするんですか？」

「はあ、まあお茶はティーバッグですから、やり方さえ守れば誰にでもいれられますよ。コーヒーは今わたしがいるので、わたしがいれます。あとはいろいろシロップを作ってきたので、それを水や炭酸で割ればジュースにもなります」

「シロップは誰が作ったんですか？」

「それもわたしが」

ええー、この人何者？　人間じゃないけど。

「果実酒もあります」

「それも自分で漬けたんですか？」

「それはそれぞれの曜日の持ち寄りです」

「あ、もしかして別の曜日の方ですか？」

何この普通の会話。雰囲気にのまれている、と感じる。

「そうです。わたしは水曜日の担当です」

「今日は日本の古いミステリーをテーマにしているらしいですけど、水曜日はなんですか？」

「モダンホラーです」

「……！」

この店に足を踏み入れて最大の驚きだった。この点目のぼーっとしたぬいぐるみのどこにあるかわからない口から、これほどふさわしくない言葉が出てくることもないだろう。

いや、動いて話すぬいぐるみが発する言葉としては、一周回って正しいのかもしれない。

モダンホラー――。

チャッキー――と昔のホラー映画のキャラの名前を、つい心の中でつぶやいてしまう。

「あ、そ、そうなんですか。ホラーがお好きなんですか？」

「まあ、そんなにくわしくはないんです。有名どころしか読んでないんで。スティーヴン・キングとか、クライヴ・バーカーとか。最近のはあまり知らないし」

じゃあ、なんでホラーの担当になったのか……やはり容姿か。容姿のせいか⁉　しゃべるぬいぐるみ自体がホラーだからか⁉

「お酒とドリンクのメニュー作りをしたおかげで、なんか席用意していただいて」

それもまた……意外な理由だ。

「あ、すみません、何お飲みになりますか？」

コーヒーには惹かれる。だって、このぬいぐるみがいれるって言ってたし。しかし、メニュー作りをしたというなら、何かおすすめのものがあるはず。

「何がおすすめですか？」

「えーと、生姜のシロップがかなりドライですよ。炭酸《たんさん》とガムシロ入れればジンジャーエール、ミルクティーに入れるとチャイ風に、お湯にレモンと入れると風邪に効きます。おつまみのタレとしても重宝《ちょうほう》しますよ。豆腐にかけたり」

そう言われると、豆腐が食べたくなってしまった。

「冷奴《ひややっこ》ですか？」

「温豆腐にもできます」

迷ったが、冷奴にしてもらう。飲み物も豆腐にジンジャーエールとか合わなそうなので、どうしようかと思ったら、

「おいしい昆布茶《こぶちゃ》がありますよ。即席《そくせき》お吸《す》い物《もの》みたいになります」

それをもらうことにする。

まだ誰も来ないので、のんびりおしゃべりをしながら待つことになる。というより、

とにかく狭い空間を効率よく動き回るぬいぐるみの姿に目を奪われながら時間が過ぎていく。

「ちょっと早く来すぎですかねえ」

勤めている人だと、やっぱりもう少しあとだよなあ。夕飯食べてから来るとか。

「でも、早い時間から来る人もけっこういるんですよ。最近は外国人の方も多いですし」

手にちゃんと手袋（ビニール製の指サック的な）をつけて、豆腐を盛りつけたりしている。

「らしいですねえ」

「今日はたまたまこんなに空いてますけど」

冷奴と昆布茶が出てきた。たっぷりのネギと鰹節《かつおぶし》が載っている。

「醤油《しょうゆ》と生姜シロップとごま油をお好みでどうぞ。塩もありますよ」

「塩ってあんまり食べたことないな」

「ごま油と塩だけっていうのもおいしいですよ」

「じゃあ、半分塩にして、半分醤油にします」

塩とごま油だと、豆腐の味がよくわかる。豆の味が濃い気がする。かなり弾力《だんりょく》もある。

「この豆腐おいしいですね」

「なんか有名なところのらしいですよ。これは金曜日の、元々のここの家主《やぬし》の人が昔から出してるものですね。入るとすぐに売り切れちゃうんですって」

「えー、俺ラッキーだったな」

生姜シロップと醤油をかけると、旨味《うまみ》が増して、ごはんのおかずにしてもいける味だった。ぐしゃぐしゃにしてかけると朝ごはんにいいなあ。そんな食べ方は邪道《じやどう》だろうか。

そして昆布茶。香りがものすごくいいと思ったら、シソが入っているのだった。なんてさわやかな昆布茶なんだろう。

「昆布茶、うまいですね」

「ねー！　やっぱりそれも家主さんに教わったんですけど、わたしも気に入って、自宅用に買いましたよ」

自宅、というのがどこだか気になったが、とりあえずスルーしておく。

「売ってるやつなんですか？」

「関西の方の和菓子屋さんのものなんですよ」

「へー、和菓子屋さんの！」

確かに甘いものにすごく合いそうだ。いいこと聞いた。

酒でも飲んでれば、次第に慣れるのだろうが、重徳は完全にしらふだ。にもかかわらず、ぬいぐるみは話し上手で、まるで普通の飲み屋のおやじのように気楽に話せる。その状況がほんのりホラーと思いながらも、妙に心地いい。

国見は、豆腐が食べ終わる頃、店へやってきた。いつの間にか雨が降ってきたらしく、髪の毛がしっとりと濡れている。

「あっ、外田さん、すみません、お待たせして。ありがとうございました、ぶたぶたさん！」

そんな呼び方をするということは、知り合いということなんだな。まったく驚いてないもんな。そりゃそうだ。

しかし、どうやって知り合ったのだろう。え、まさかブロガー仲間？

「じゃあ、わたしはこれで――」

ぶたぶたは、カウンターから飛び降り、去っていこうとする。

「あっ、何か飲んでいきませんか？」

国見があわてて引き止める。

「え、いいのかな」

えへへ、という感じでぶたぶたは重徳の隣に座った。あうんの呼吸で、国見がクッションを差し出すと、それを尻の下に敷《し》く。ちょこんと頭だけ出るスタイルで、なんだかかわいい。

「焼酎の生姜割りください」

「はい」

ぶたぶたがカウンターの中でいろいろしていた時は、ずいぶん繊細《せんさい》な手つきだな、と感心したのだが、国見はジョッキに目分量で生姜シロップと焼酎をガーッと混ぜて、氷とレモンの輪切りを入れてドンッと出すといったスタイルだった。いや、それはそれでいいんだけれど、これが人間とぬいぐるみの違いとは思えない……。

しかし、いったいどうやって飲むんだろうか。本気なのか？　何かドッキリでも仕掛けられているのでは、と重徳は疑ってしまう。

ぶたぶたは、その大雑把《おおざっぱ》な焼酎の生姜割りのジョッキを両手で持ち上げ、鼻の下の口のあるあたりに押しつけ、ぐーっとのけぞった。落ちる！　椅子から落ちる！　思わず手を差し伸べてしまう。

しかし落ちない。何その絶妙なバランス！

ジョッキの半分はみるみるうちに減っていった。ビールか水かってくらい、なくなるの早くない⁉

「相変わらずいい飲みっぷりですね」

国見が感心したように言う。重徳もそう思う。ぬいぐるみだから飲めないなんて、偏《へん》見《けん》だったか？……いや、その思考はちょっとおかしくない？　そもそもぬいぐるみは焼酎を飲まないっつーの。

「喉渇いちゃって」

「おつまみはどうします？　突き出しに乾き物がありますけど」

「いいよ、これ飲んだら帰るから」

どこに帰るんだろう。ぬいぐるみの国？　モダンホラーらしく異世界――いや、それホラーでもなんでもないか……。

「ぶたぶたさん、昨日のホラーナイト、すごく評判よかったみたいですね」

「あー、そうなのかな」

「今度見に行きたいと思ってるんですけど、席がいっぱいだと入れないですよね……」

国見が本当に残念そうに言う。

「まあ、なんとなく場が盛り上がってきたらやるみたいなところもあるからね」

なんだその怖そうなものは!?

「あ、ホラーナイトっていうのは、つまり怪談《かいだん》話をするってことです」

重徳の気持ちが顔に出ていたのか、ぶたぶたが説明してくれた。焼酎はもうほとんどなくなっていた。

「誰が怪談をやるんですか？」

「お客さんがやる場合もありますけど、基本は僕が」

とぶたぶたが言う。

「え？」

「外田さん、そんないやそうな顔しないでくださいよ」

いつの間にか国見もビールをぐびぐび飲んでいた。

「あ、いやってわけじゃなくて、怖そうだなって思ったんで……」

これは本心だった。もうなんだか、今現在でもお膳立《ぜんだ》てが揃っている感じ。雨は次第に激しくなってきて、外の音を遮断《しゃだん》しているようだった。この狭い飲み屋が、現実から隔離《かくり》された場所みたいだ。

「あ、そうだ」

ぶたぶたが突然耳をピンっと立てたような気がした。

「外田さんでしたっけ。下戸なんですよね？」

「はい」

「ちょっとお願いしたいことがあるんですけど」

「なんでしょう？」

この場で下戸で何かできるとは、とても思えないのだが。

「実は、来週のホラーナイトで話そうと思っている話があるんです」

「はい」

「昨日は好評だったみたいなんですけど、実のところよくわからないんですよね」

「？　よくわからないとはどういうことですか？」

感想が寄せられてはいるのだろう？

「みんな酔ってるんですよ」

重大なことを打ち明けられたように言われた。

「――そうですね」

そりゃあ飲み屋さんでやってるんだもの。

「ここでもう、飲んでないのはあなただけです」

「はい」

「飲み会での怪談ですから、別に評価なんてどうでもいいんですけど……せっかくならば下戸の――飲んでない人に聞いてもらって、しらふではどう感じるのか、というのが知りたいんです」

「あー、つまりリハーサルみたいなものですか?」

「そうですね。それとも練習?」

「同じようなもんじゃないでしょうか?」

「あ、それいい! 今、俺も聞けるってことですよね!」

国見はもう聞く気まんまんで、カウンターの上に尻を乗せた。

「そう。それで貸しはチャラにするから」

「俺じゃなくて外田さんのおかげですけど!」

「この分じゃ、しばらくお客さんも来そうにないし、僕もずぶ濡れになるのを避けたいからね」

搾《しぼ》れるくらい濡れそうだ。それくらい激しい雨になってきた。

「じゃあ、聞きます」

重徳が言うと、

「ありがとうございます」

ぶたぶたはジョッキを置いて頭をペコリと下げたというか、身体を折り曲げた。

そして、おもむろに話し出す。

「僕は、よく誘拐《ゆうかい》されるんです――」

ええっ、それって本当に怪談なの⁉　と思ってしまったが……。

＊　　＊　　＊

僕は、よく誘拐されるんです。

小さいですから、簡単に拉致《らち》されます。

基本、犯人は子供です。男の子も女の子も、小学生くらいから高校生くらいまで、いろいろです。もちろん大人もいますけれど、ごくまれですね。

その場で動くとびっくりして離すことが多いですから、すぐに逃げられるんですが、そのままバッグとかに入れられると逃げるのがちょっと大変になります。それでも、バッグが開いた時にすきを見て逃げ出すことができるのが大半です。

家に連れていかれても、事情を話せばたいてい帰してくれます。

この話は、そのどれにもあてはまらなかった時のことです。

その日も、こんなふうに雨が降っていました。僕は傘《かさ》がなくて、夜中、公園の屋根のあるテーブルつきのベンチで雨宿《あまやど》りをしていました。

その夜は僕の他には誰も雨宿りをしていませんでした。さながら僕の姿は、誰か子供の忘れ物にしか見えなかったでしょう。誘拐されても無理のない状況です。

一人の男が近づいてきました。ふらつく足取りに、酔っているなと思いました。実際近寄ってくると息が酒臭かった。

酔っていると、けっこう道端の変なものをおみやげにしちゃう人っているじゃないですか。だから僕はその時「ヤバいな」と思ったわけです。

急に移動すると怪しまれるので、すきを見て別の場所に行かなくてはと思いましたが、何しろ雨が降っているし、狭いその場所では隠れるところもありません。風が吹いたらそれに合わせて転がり落ちるという手もありますが、風もない。

近づいてきた男は、なんの前触《まえぶ》れというか、なんの躊躇もなく、僕の首をつかんで、そのまま歩き出しました。

どうしよう、これはもう濡れてもいいから、下に落としてもらうしかないな、と思って、もがいたりしたのですが、彼は全然こっちを見ないんです。いくらやっても反応がないんで、ついに僕は言いました。

「すみません、おろしてください！」

すると、ようやく彼は立ち止まり、手の中の僕を見ました。ボサボサの髪がずぶ濡れで、ひげだらけの顔の中の目が異様に光っていました。

「へえ、しゃべれるんだ」

「すみません、離してください」

彼の口が、にやりと大きく開きました。

「こりゃあ、都合がいい」

　彼はそう言ったまま、僕を離さず、雨の中をずっと歩き続けました。

　しばらくして、一棟のアパートの前で彼は立ち止まり、僕を持ったまま階段を上がり、二階の角《かど》部屋へ入っていきました。

「ただいま」

　真っ暗な部屋の中に向かって、彼はそう言いました。

「ほら、お前の友だちを連れてきたぞ」

　奥の部屋へ入ると、そのすみに誰かいる気配がありました。僕はそこへ向かってポンと投げられました。コロコロと転がって何かに当たって止まりました。

　顔を上げると、そこには人形が壁にもたせかけてありました。クッションだかふとんだかを背もたれにして、女の子の人形が座っていたんです。

　男が台所の灯《あか》りをつけたので、人形の顔が見えました。ものすごく精巧《せいこう》なフランス人形――ビスクドールのようでした。大きさは四、五歳の子供と同じくらい。ボンネットに包まれた黒い髪が白い頰《ほお》にくるくると落ちています。ドレスは赤い花柄で、足にはすごく繊細な室内用のブーツを履《は》いていました。

よく見ると、クッションは服やボンネットと同じ模様《もよう》をしており、周りにはおもちゃやぬいぐるみがたくさん置いてあります。

人形の目は閉じていました。まるで眠っているようでした。

「うちの娘だ」

と台所から男が言いました。

「かわいいだろ?」

のしのしと近寄ってきます。僕の隣にどっかり座り、人形の手を持って愛《いと》しそうに撫でています。その手は真っ白で、つるりとしています。

「お前の友だちを連れてきてやったぞ」

彼の声は、さっきとはうってかわって、とても優しくなっていました。

「このぬいぐるみはしゃべれるからな、お前の相手にはうってつけだろう」

彼は僕に目を向けると、

「この子にたくさんのお話をしてやってくれ。友だちなんだからな。退屈させるなよ。絶対に」

僕は何も返事ができませんでした。

僕はそれから数日、そのアパートで人形とともに暮らしました。

男は、一日数時間だけ外出します。それ以外はずっと家にいて、外出時も外からでないとはずれない鍵をかけていきます。僕が閉じ込められた部屋にも鍵がかかっており、窓も目張《めば》りをされていました。接着剤《せっちゃくざい》でガチガチに固めてあったのです。

男がいない間と、眠っている間以外は、ずっと人形に向かって話しかけていないといけません。

「なんでもいいからしゃべれ」

というので、おとぎ話からマンガやアニメのあらすじまで、子供向けのものを思いつくまま話したのですが、すぐにネタは尽きてしまいます。それを訴えても男は許してくれません。仕方ないのでドラマや小説や映画のストーリーを思い出せる限り話したり、それも尽きたあとは新聞で読んだニュース記事など、およそ子供に聞かせられないものばかり話すようになりました。

反応のないものに対して話すというのは、つらいものです。逃げ出したいと思いながらも、男のいない間や夜は、へとへとになって眠るしかありません。

反応がないとはいえ、人形はまるで生きているように見えました。こちらが何かを話すと、それが聞こえているように見えたのです。

でも、それは単に精巧なだけだとしばらくしてからわかりました。

有名な人形師によるビスクドールは、陶器《とうき》にもかかわらず、その肌に人間のような光沢《こうたく》が生まれるそうです。わずかな光の変化が表情を変えさせて、憂《うれ》いを帯《お》びた視線をくれたように錯覚する。

ただ、僕の〝友だち〟の人形は、目をずっと閉じています。目がないと、その表情はかなり限られてしまうんですけど、彼女の表情は豊かでした。面白い話には笑顔を浮かべたように見えるんです。悲しい話には、まぶたを震わせた時もあったように思えます。

それは、彼女しか話し相手のいない、僕の幻覚だったのかもしれません。その時、その部屋での時間の中では、確かに彼女は僕の〝友だち〟でした。

誘拐されてから何日たったのかもわからなくなった頃、転機が訪れました。

逃げ出すとしたら、男のいない時、と普通思うでしょうが、彼は出かける時、外の鍵を二重にかけていきます。窓には近寄りもしないので、開けた時にすきを見て逃げ出すこともできません。

でも、男がアパートにいる時は、僕と人形のいる部屋に施錠《せじょう》はされません。男が眠る時は必ずその鍵がかけられますが、それは二重ではなく一つだけ。彼がアパートにいる限り、玄関には中からしか施錠できません。

人形の部屋の鍵をかけ忘れれば、逃げ出すチャンスがあるはず、と僕は思いました。そう、つまり、男がいる時じゃないと、僕は逃げられないんです。

しかし、彼は慎重な男で、出かける時も寝る時も、いつも何度も確かめていました。かけ忘れることなんかないんじゃないのか——そうあきらめかけた時、ようやくその時が訪れました。

男が酔って帰ってくるのは珍しいことではありませんでしたが、その日は本当に珍しくうたた寝を始めたのです。

玄関には鍵とチェーンがかかっています。チェーンはかなり上の方についているのではずせそうにありませんが、鍵さえなんとかなれば、開いたすきまから逃げ出せます。何しろ僕はぬいぐるみなので。

でも、鍵をはずすには、多少の踏み台が必要です。それも問題なのですが、一番大変なのは、ドアのところへ行くまでかもしれません。玄関手前にある台所のテーブルで、男が眠っているのです。

通り過ぎている時に目を覚ませば、適当にごまかせるでしょうが、玄関で何かやっているのが見つかったら、何をされるかわかりません。

とにかく慎重に、音をたてないように——僕はテーブルの下を歩きます。こういう時、布製でよかったな、と思います。振動がほとんどありませんからね。

彼の眠りがどのくらい深いのか——僕は確かめようとしました。もしすぐに起きそうならば、あきらめて次の機会を狙《ねら》いたい。彼は別に暴力はふるったりはしなかったんですが、何をするのかまったくわからないところが怖くて、僕は恐れていました。落として割れてしまう陶器の人形のように、僕も千切《ちぎ》れたら死んでしまいます。

椅子に上がって様子をうかがうと、彼の眠りは相当深いようでした。少なくともそう見えます。眠っているところをちゃんと見るのは初めてでしたが。比較ができなくてちょっと心許《こころもと》なかったけど、背に腹は代えられません。

玄関のところまで来て、さてどうするかです。踏み台になるようなものは、何もありません。男が全部排除《はいじょ》しているからです。台所の椅子をひきずってきたら、音できっと目を覚ますでしょう。

この家は物が少なく、椅子以外に踏み台になるようなものといったら、人形がいつも寝ているクッションくらい――でも、あれをいくつも積むためには、台所を何往復かしなければなりません。その間に男が起きてしまうかもしれない。

試しに一、二度ジャンプをしてみましたが、ドアノブには遠く届きません。助走をつけても、ほとんど変わらない。あまり動き回るのもリスクがあります。

やはりクッションを積み上げるかと思った時、玄関の床に転がったビニール傘が目に入りました。

僕はそれを拾い上げ、持ち手で鍵をはずそうと試みました。しかし、プラスチックは滑りやすく、うまくひっかかってくれません。いや、これももしはずれたとしても、ドアノブの問題が残っている。やっぱり脱出するなんて、無理なのか。

その時、閃《ひらめ》きました。僕は、傘をドアのふちに立てかけます。つっかえ棒のように斜めに。僕はその上を歩いて、ドアの鍵に近づきました。

傘は細く、すべりやすいので、すぐに倒れそうになります。僕はドアの方に重心を固定し、傘に負担をかけないようにして、ゆっくり登っていきました。これならなんとかなるかもしれない！

僕は極力音を立てないようにして鍵をはずします。そして、ノブを回すと、ドアが少しだけ開いたのです。

とたんに傘が倒れました。家中に音が響き渡ります。僕はドアノブにしがみついてぶら下がったまま、凍りつきました。

ゆっくりと振り向くと、男はテーブルに突っ伏したままで、微動《びどう》だにしてません。しばらくそのまま観察していましたが、男は起きる気配がありませんでした。

僕はドアノブから飛び降りました。ドアを押すと、かすかにきしみながらさらに開きます。でも、チェーンがあるので、ある程度以上は開きません。

僕は、そのすきまに顔を入れました。幸い僕の身体はとても柔らかいので、狭いところにも入れます。外に人影はなく、ドアのすきまから出るくらいは楽勝——のはずでした。

突然、ドアのすきまがギュッと狭まりました。僕の首から下の身体は両側から押しつけられ、ひどくつぶれてしまいます。しかも、まだ部屋の中に残っていた左腕が中に引っ張られていきます！

男が目を覚ましたのか、と思ってむりやり振り向くと、そこには僕の〝友だち〟がいました。

ドアに片手をかけ、すごい力で閉めようとしています。もう片方の手で僕の左腕を引っ張っているのですが、腕はすっかり彼女の手の中でつぶれていました。

『イカナイデ――』

かすれた声で、彼女はくり返します。初めて聞いた彼女の声です。

彼女は涙を流していました。ずっと閉じていた目も、開いていました。滑《なめ》らかな頬の上に、幾筋も涙のあとがあります。

でも、その涙は赤かったのです。

開いた目は赤黒く、まるで深い穴のようでした。そこから、絶えず血のような涙があふれていく。

玄関の床に、ポタポタと血溜《ちだ》まりができてゆきます。

僕は、無駄な抵抗《ていこう》だと思いながら、もう片方の腕をなんとか伸ばし、彼女の手を叩きました。でもわかっていると思いますが、僕が叩いたって痛くなんかないのです。だってぬいぐるみなんですから。相手にダメージなんて与えられるはずがないのです。

でも彼女の手は、僕が叩くと突然、手首から先が下に落ちました。血溜まりの中に落ちて、パーンという音とともに、粉々に砕《くだ》け散ったのです。

彼女のもう片方の手が緩《ゆる》んだすきに、僕はドアから抜け出ました。

『マッテ――』

ドアのすきまから、彼女の手が見えました。もう片方の、白い美しい手が、僕を探すように動いていました。

その手は、というか指は、どう見ても人間のように動いていました――。

――果たして、〝友だち〟というのはどういう意味だったんでしょう？　ぬいぐるみなのにしゃべれる僕が、彼女の友だちとしてあてがわれたことに、何か理由があるようにしか思えないのです。

そしてあとから考えると、あの部屋は、僕が来る前からドアの外付けの鍵も、窓の目張りもしてあったのです。それはなぜなんでしょう？　あの男は、なんのために、誰のために、そんなことをしなければならなかったんでしょうか？

僕は、開けてはいけないドアを開けっ放しにして出ていってしまったことを、こんな雨の夜になると思い出すのです——。

＊　＊　＊

「うーん、最後はやっぱり『わーっ！』って驚かした方がいいんじゃないですか？」

国見がビールをもう一本開けながら言う。

「そうかなあ。僕が言ってもあんまりみんな驚かないんだよね」

ぶたぶたは、話しながら飲んでいたおかわりの焼酎を飲み干した。

「顔芸みたいなところもありますよね、ああいうのって」

「僕の顔だとあまり迫力ないからね」

「それに雨もう止《や》んでますよ」

「それはその時によって変えるから」

そう言うと、ぶたぶたは重徳に向き合った。

「いかがでしたか？」

迫力ないと本人は言っている黒ビーズの点目が、まるでキラキラしているように見える。

「……怖かったです」

「ほんとですか⁉」

「ほんとです」

っていうか、どうして国見は平気な顔をしてるんだ⁉　飲んでいるから⁉　それとも怪談に慣れてるから？　ぶたぶたに慣れているから？

飲んでいるから、というのなら、今日ほど下戸であることを残念に思ったことはない。しらふで聞くにはちょっと……。そんなに怪談に弱いわけではないのだが。

なんだかとにかく、ぶたぶたが怖かった。まばたきのない点目で一点をじっと見つめ、ひたすらしゃべり続ける姿が。この狭い飲み屋の照明が薄暗く、時折ゆらつくのがまたいやな感じだった。

かわいらしい外見なのに、臨場感たっぷりの実話《じつわ》系《けい》怪談を語るなんて、誰が想像するだろうか⁉　少なくとも重徳はまったく知らなかったから、そこがより怖かった。

「何か改善点などありますでしょうか？」

「いえ、特にありません。ていうか、まさか本当にあったことなんですか……？」

「うーん……それは、みなさんに好きに思っていただきたいんですけどね」

え、にこやかに言ってるから、やっぱり創作？　そうだよな、そんなことあるはずない——。

「でも、よく誘拐されるっていうのは本当です」

「ええっ⁉」

「いろいろな家に連れていかれて、中には怖いところがあったりなかったり」

えええ……。もっと怖いこともあったってこと？

「やだなあ、外田さん、冗談ですよ、冗談。ぶたぶたジョークですよ」

国見はそう言ってゲラゲラ笑った。そういえばこいつは飲むと笑い上戸《じょうご》になるんだったな。もうこんなんで、これ以降、接客できるの？

「いやあ、聞いてもらって外田さんの反応が素晴らしかったので、自信が出てきました。外田さん、どうもありがとうございます」

重徳は「いえいえ」と会釈をするのがやっとだった。どう返せばいいの？　「楽しかったです」とか変だ。だって怖かったんだもん。

ぶたぶたは、椅子から飛び降りた。

「それじゃ、失礼しますー」

「はーい、ありがとうございましたー」

桜色の小さな身体は、雨上がりの夜の街にあっという間に消えていった。

重徳はそのあとも店にいたのだが、少しお客さんが増えたところで帰ってきた。接客は大丈夫なのか、と思ったが、来たお客さんたちが勝手に飲み物やつまみを作ったりしていたので、多分平気だろう。

あこがれのゴールデン街だったが——果たしてこれでよかったのかどうなのか、さっぱりわからない。しかも、結局ミステリーの話なんて、これっぽっちもしなかったじゃないか！

やっぱり俺には、敷居が高い街なのかな、下戸だし——と思いながら、重徳は家路を急いだ。

しかしそう思いながらも、また次の週、ゴールデン街に足を運んでしまった。国見には悪いが、水曜日のモダンホラーナイトに。

言ったとおりに、店は満席だった。だが、幸運にも重徳は座れた。立ち見が出るほどの盛況だった。

先週聞いた怪談は、またパワーアップしていた。座席ではなく、カウンター内の番台——高座《こうざ》というべきか、そこで上から見下されるように話されると、また迫力が違う。最後に「わーっ！」と脅かすことは結局なかったが、手が砕け散るところなどで女性が小さく悲鳴を上げていた。

そして、何人か下戸の人がいたことにも驚いた。

「話が面白いから」

という理由だけで来ているのだと言う。ちょっとうれしかった。

そしてもちろん、

「ぶたぶたさんがかわいいから」

という理由の人もいた。

そうか……彼がいると飲み屋が別の空間に変わるのかもしれない。酒を飲むより先に、彼に会いに来る。彼の話を聞きに来る。

こういう飲み屋だったら、俺が通ってもいいのかな、と重徳は思った。

あとがき

お読みいただき、ありがとうございます。矢崎存美《やざきありみ》です。

今回のぶたぶたのテーマは、飲み屋さんです。

「あれ、今までなかったっけ？」と思う方もいらっしゃるでしょう。がっつりテーマではありませんが、居酒屋みたいな定食屋さんとか、お酒も楽しめる喫茶店とか、ホストクラブ（！）とか、ちょこちょこ書いてはいるのです。ぶたぶたもお酒好きですし、飲むシーンも割と書いているのですよね。

ただ一冊丸ごとというのは今までやっていませんでした。

なぜかというと、実は私が下戸《げこ》だからです。

今回、私のような下戸を主人公に一つお話を書きました。いわゆるアルコール分解酵《ぶんかいこう》素《そ》を持たないタイプの下戸です。「量が飲めない」とかではなく、アルコールを「毒」とみなす身体なのですね。度数の低い、たとえばシードルみたいなものだとなんとかコップ一杯程度飲めますが、それ以上の度数だと限度はおちょこ一杯くらいでしょうか。ビールでもコップ半分から一杯飲むと気分が悪くなります。ワインやウイスキーなんてもってのほか。

とにかく、気分というか具合が悪くなるのです。顔が赤くなって耳が聞こえにくくなり、吐き気はするし、頭もガンガン痛くなる。酔わないで二日酔いになるようなものなのですね。

若い頃はそれでも飲み会によく出ていました。最初こそ、トイレに駆け込んだりしてつらい時もありましたが、以降はもう飲まないようにして。別に「飲め」と強制されることもなかったし、料理とお酒両方おいしい店へ行って、私は食べ物、友だちはお酒、みたいな分担ができていたのですよね。下戸のくせに、けっこうお店にはくわしかったりしたのです。

今は夫も下戸なので、普段飲みに行くことはほとんどないんですけど、なぜか住んでいる街が「飲んべえの聖地」みたいなところで。安いお店が多いのですけど、おじさん向けから若い子向け、女性向けといろいろバラエティに富んでいる。らしい。私は行かないんでわかんないんですけどね。

飲めないくせにこんな街に住んでいて、もったいないみたいに言われたこともあるのですが、決して飲み屋だけがその街の魅力ではない——と思いたい。でも、魅力の半分くらいはそれなのかしら、やっぱり……と思わざるをえないくらいの店の数。

あ、話がズレました。

下戸の方がいいのか、それとも飲めた方がいいのか、というのは不毛《ふもう》な議論です。嗜《し》好品《こうひん》ですしね。でも、アルコール分解酵素のない人間として一つだけ残念だと思うのは、「酔っぱらう」という感覚がわからない、というところなのですよ。「飲んでいい気持ちになる」というのを味わったことがない。

あまりに強くて全然変わらない人もいると聞きますから、実際にはそんなに「いい気持ち」ではないのかもしれない。でも、憂《う》さ晴《ば》らしできるくらいいい気分になる人もいるわけですからね。

ということは、私が憂さ晴らしできるものならば、それはお酒と同じような気分を引き起こすのかも——なんだろう？　最近だとカラオケかな。

いや、やはり猫か。

猫に夜中、ふとんの上を歩き回られて起こされて、ふとんの中に入れろと要求されて――それを朝になって思い出すと、なんだかいい気分になる。

しかしお酒は自分で好きに飲める時に飲めるけど、猫は自分の好きにはできないんだよなあ……。「抱っこさせて憂さ晴らしさせてぇ～!」とすがっても、ひっかかれて流血というのも珍しくなく――それでも、確かにいい気分にはなる。猫最強。

私がアルコールだめなように、猫アレルギーというのもありますし――ってなんの話だかどんどんわからなくなりますね。

いつもながらかわいい手塚《てづか》リサさんの表紙、今回のお話に出てくるお店を全部足したようなイラストです。渋《しぶ》い色合いが素敵。ありがとうございます! これを見ると、おでん食べたくなりますね。

その他にもお世話になった方々、毎度毎度ありがとうございました。

日々のぶたぶたをお知りになりたい方は、不定期更新ですが、インスタグラムをごらんください。ぶたぶたのモデルになったぬいぐるみが、お出かけしたり、おいしいものを食べたりしています。「山崎ぶたぶた」で検索してください。

それでは、また次のぶたぶたでお会いしましょう。

光文社文庫

文庫書下ろし
居《い》酒《ざか》屋《や》ぶたぶた
著　者　矢《や》崎《ざき》存《あり》美《み》

2016年12月20日　初版1刷発行

発行者　鈴　木　広　和
印　刷　萩　原　印　刷
製　本　ナショナル製本

発行所　株式会社　光　文　社
〒112-8011　東京都文京区音羽1-16-6
電話（03）5395-8149　編　集　部
8116　書籍販売部
8125　業　務　部

ISBN978-4-334-77394-6　Printed in Japan

組版　萩原印刷